hिन्द पॉकेट बुक्स

पंडित, पुरोहित और राजनेता

मानव–आत्मा के शोषक

ओशो, जिन्हें भगवान श्री रजनीश, ओशो रजनीश, या केवल रजनीश के नाम से भी जाना जाता है, एक भारतीय विचारक, धर्मगुरु और रजनीश आंदोलन के प्रणेता-नेता थे। उनका असली नाम चंद्र मोहन जैन था, लेकिन लोगों ने उन्हें 'ओशो' बना दिया। यह शब्द लैटिन भाषा के 'ओशनिक' शब्द से लिया गया है जिसका अर्थ है, सागर में विलीन हो जाना।

अपने संपूर्ण जीवनकाल में आचार्य रजनीश को एक रहस्यदर्शी, गुरु और आध्यात्मिक शिक्षक के रूप में देखा गया। वे धार्मिक रूढ़िवादिता के बहुत कठोर आलोचक थे। 1960 के दशक में उन्होंने पूरे भारत में एक सार्वजनिक वक्ता के रूप में यात्रा की और वे समाजवाद, महात्मा गाँधी और हिंदू धार्मिक रूढ़िवाद के प्रखर आलोचक रहे। उन्होंने मानव कामुकता के प्रति ज्यादा खुले रवैये की वकालत की, जिसके कारण वे भारत तथा पश्चिमी देशों में भी आलोचना के पात्र रहे, हालाँकि बाद में उनका यह दृष्टिकोण अधिक स्वीकार्य हो गया।

पंडित, पुरोहित और राजनेता

मानव–आत्मा के शोषक

ओशो

हिन्द पॉकेट बुक्स
पेंगुइन रैंडम हाउस इम्प्रिंट

हिन्द पॉकेट बुक्स

यूएसए | कनाडा | यूके | आयरलैंड | ऑस्ट्रेलिया | सिंगापुर
न्यू ज़ीलैंड | भारत | दक्षिण अफ्रीका | चीन

हिन्द पॉकेट बुक्स, पेंगुइन रैंडम हाउस ग्रुप ऑफ़ कम्पनीज़ का हिस्सा है,
जिसका पता global.penguinrandomhouse.com पर मिलेगा

पेंगुइन रैंडम हाउस इंडिया प्रा. लि.,
चौथी मंजिल, कैपिटल टावर -1, एम जी रोड,
गुड़गांव 122 002, हरियाणा, भारत

पेंगुइन
रैंडम हाउस
इंडिया

प्रथम हिन्दी संस्करण हिन्द पॉकेट बुक्स द्वारा 2011 में प्रकाशित
यह संस्करण हिन्द पॉकेट बुक्स में पेंगुइन रेंडम हाउस द्वारा 2022 में प्रकाशित

10 9 8 7 6 5 4 3 2

ISBN 9788121620789

मुद्रकः रेप्रो इंडिया लिमिटेड

www.penguin.co.in

FSC www.fsc.org MIX Paper from responsible sources FSC® C047271

This is a legitimate digitally printed version of the book and therefore might not have certain extra finishing on the cover.

भगवान श्री
के चरणों में
अहोभाग्यपूर्वक

गोपाल अनुराधा
मधु श्याम

अनुक्रम

भाग-एक

खबर जो हम सुन रहे,
शोक से पूर उस भविष्य के लिए
जलालुद्दीन रूमी, अनातोलियावी रहस्यदर्शी (1207-1274)

भाग दो

यहां हमारे भीतर एक मृदुल बगीचा है।
–जलालुद्दीन रूमी

पंडित, पुरोहित और राजनेता

भाग एक

"खबर जो हम सुन रहे,
शोक से भरपूर उस भविष्य के लिये"

•

जलालुद्दीन रूमी

राजनीति और धर्म

भगवान,
प्रधानमंत्री राजीव गांधी राजनीति को धर्म से अलग रखे जाने की आवश्यकता पर एक राष्ट्रीय विचार-गोष्ठी आयोजित करने जा रहे हैं। इस विषय पर हम आपकी दृष्टि से अवगत होकर आनंदित होंगे।

राजनीति सांसारिक है—राजनीतिकगण लोगों के सेवक हैं। धर्म पवित्र है—वह लोगों के आध्यात्मिक विकास के लिए पथ—प्रदर्शक है। निश्चित ही, जहां तक मूल्यों का सम्बंध है, राजनीति निम्नतम है, और धर्म उच्चतम है, जहां तक मूल्यों का सम्बंध है। वे अलग ही हैं।

राजीव गांधी चाहते हैं कि धर्म राजनीति में हस्तक्षेप न करे; मैं चाहता हूं कि राजनीति धर्म में हस्तक्षेप न करे। उच्चतर को हस्तक्षेप का हर अधिकार है, किंतु निम्नतर को कोई अधिकार नहीं।

धर्म मानव-चेतना को सदियों से ऊपर उठाता रहा है। जो कुछ भी मनुष्य आज है, कितनी भी थोड़ी जो चेतना उसके पास है, उसका सारा श्रेय धर्म को है। राजनीति एक अभिशाप रही है, एक विपदा; और जो कुछ भी मानवता में अभद्र है, राजनीति उस सबके लिए जिम्मेवार है।

लेकिन समस्या यह है कि राजनीति के पास शक्ति है, धर्म के पास केवल प्रेम, शांति और दिव्य का अनुभव है। राजनीति धर्म के साथ आसानी से हस्तक्षेप कर सकती है; और वह सदा से हस्तक्षेप करती चली आई है, इस सीमा तक कि उसने बहुत से ऐसे धार्मिक मूल्यों को नष्ट कर डाला है जो पृथ्वी पर मानवता और

जीवन के टिके रहने के लिए नितांत आवश्यक हैं।

धर्म के पास पारमाणविक हथियार, अणुबम और बंदूकों जैसी सांसारिक शक्तियां नहीं हैं; उसका आयाम बिलकुल अलग है। धर्म शक्ति की आकांक्षा नहीं है; धर्म खोज है सत्य की, परमात्मा की। और यह खोज ही धार्मिक व्यक्ति को विनम्र, सरल और निर्दोष बना देती है।

राजनीति के पास सारे विध्वंसात्मक हथियार हैं; धर्म नितांत कोमल है। राजनीति के पास हृदय नहीं है; धर्म शुद्ध हृदय है। वह ठीक वैसे ही है जैसे एक सुंदर गुलाब का फूल—जिसका सौंदर्य, जिसका काव्य, जिसका नृत्य जीवन को जीने योग्य बनाता है, उसे अर्थ एवं महत्ता प्रदान करता है। राजनीति पत्थर जैसी है—मृत। किंतु पत्थर फूल को नष्ट कर सकता है और फूल के पास कोई सुरक्षा नहीं है। राजनीति आक्रामक है।

राजीव गांधी चीजों को उलट-पलट कर दे रहे हैं। वे चाहते हैं कि धर्म राजनीति में हस्तक्षेप न करे। मनुष्यजाति को गुलामी में रखने के लिए, मनुष्यों को गुलाम बना देने, उनकी स्वतंत्रता नष्ट कर देने, उनकी चेतना नष्ट कर देने के लिए राजनीति के पास समूचा एकाधिकार चाहिए—उन्हें यंत्र-मानव में बदल देने के लिए ताकि राजनीतिक लोग शक्ति और प्रभुता का मजा ले सकें।

राजनीतिकों के लिए केवल धर्म ही एक समस्या है। वह उनकी पहुंच और उनकी समझ के बाहर है। धर्म अकेला क्षेत्र है जहां राजनीतिकों को हस्तक्षेप नहीं करना चाहिए, क्योंकि धर्म ही एकमात्र आशा है।

राजनीति, सदियों से, बसे लोगों की हत्या करती रही है, उन्हें विनष्ट करती रही है—राजनीति का सारा इतिहास अपराधियों का, हत्यारों का इतिहास है। तीन हजार वर्षों में राजनीतिकों ने पांच हजार युद्ध पैदा किए हैं। लगता है, राजनीतिक के भीतर बर्बरता की मूल-प्रवृत्ति बहुत शक्तिशाली है; उसका सारा आनंद विनष्ट करने में, आधिपत्य जमाने में है।

धर्म उसके लिए समस्या पैदा करता है, क्योंकि धर्म ने जगत् को चेतना के शिखर प्रदान किए हैं—गौतम बुद्ध, जीसस, च्वांग्त्सू, नानक, कबीर। ये पृथ्वी के नमक हैं। राजनीति ने जगत् को क्या दिया है? चंगेज़ खां? तैमूरलंग? नादिरशाह? सिकंदर? नेपोलियन? इवॉन दि टेरॅबॅल? जोसेफ स्टालिन? एडोल्फ हिटलर? बेनिटो मुसोलिनी? माओत्से तुंग? रोनाल्ड रेगन?—ये सबके सब अपराधी हैं। सत्ता में होने के बजाय इन्हें सींखचों के पीछे होना चाहिए; ये अमानवीय हैं।

और वे आध्यात्मिक रूप से बीमार लोग हैं। शक्ति और आधिपत्य की महत्त्वाकांक्षा बीमार मनों में ही उपजती है। यह हीनता की ग्रंथि से उपजती है। जो लोग हीनता-ग्रंथि से ग्रसित नहीं हैं वे शक्ति की फिक्र नहीं करते; उनका सारा प्रयास शांति के लिए होता है, क्योंकि जीवन का अर्थ केवल शांति में ही जाना जा सकता है—शक्ति मार्ग नहीं है। शांति, मौन, अनुग्रह, ध्यान—ये धर्म के मूलभूत अंग हैं।

मूढ़ राजनीतिकों द्वारा धर्म को नियंत्रित करने की अनुमति नहीं दी जा सकती। स्थिति ऐसी है जैसे कि बीमार लोग चिकित्सकों को नियंत्रित करने का प्रयास कर रहे हों, यह बताते हुए कि उन्हें क्या करना और क्या नहीं करना चाहिए। सुन लो उनसे, क्योंकि बीमारों का बहुमत है, किंतु इसका यह अर्थ नहीं कि चिकित्सक बीमारों द्वारा नियंत्रित हों। चिकित्सक मनुष्यता के घावों को भर सकता है, बीमारियों से छुटकारा दिला सकता है। धर्म चिकित्सक है।

राजनीतिक लोग पर्याप्त नुकसान पहुंचा चुके हैं, और समूची मानवता को एक सार्वभौम आत्मघात की तरफ ले जा रहे हैं। और इस पर भी राजीव गांधी हिम्मत रखते हैं कहने की कि "धर्म को हस्तक्षेप नहीं करना चाहिए"—जबकि इस ग्रह पर समस्त जीवन खतरे में है! केवल मनुष्य ही नहीं, बल्कि निर्दोष पक्षी और उनके गीत, मौन वृक्ष और उनके पुष्प—वह सब कुछ जो जीवित है।

पृथ्वी से जीवन को विदा कर देने के लिए राजनीतिक लोग पर्याप्त विध्वंसक शक्ति निर्मित करने में सफल हो गए हैं; और वे लगातार और-और पारमाणविक हथियारों का ढेर लगाए जा रहे हैं। वास्तव में, आज से तीन वर्ष पहले इतने पारमाणविक हथियार थे कि प्रत्येक मनुष्य सात बार नष्ट किया जा सके, यह समूची पृथ्वी सात बार नष्ट की जा सके, अथवा ऐसी सात पृथ्वियां नष्ट की जा सकें। एक मनुष्य एक ही बार मरता है; इतनी सारी विध्वंसक-शक्ति इकट्ठा करने की कोई जरूरत नहीं है।

सारी राजनीति झूठों पर टिकी है।

अभी हाल ही में—मुझे यकीन नहीं आया कि कोई ऐसा व्यक्ति जो पागल नहीं है, ऐसे वक्तव्य दे सकता है—रोनाल्ड रेगन ने एक वक्तव्य दिया। वे सीनेट के समक्ष इनकार कर रहे थे—लगातार—कि कुछेक देशों को कोई भी हथियार दिए जा रहे थे। और अब छानबीन से पता चला है कि वे झूठ बोल रहे थे—दो वर्षों से लगातार झूठ बोल रहे थे। गरीब देशों को विध्वंसक

हथियार दिए गए हैं, और थोड़ी मात्रा में नहीं-बहुत बड़ा ढेर। अब तथ्य प्रकाश में आ गए हैं और रोनाल्ड रेगन को एक वक्तव्य देना पड़ा, और वक्तव्य जो उन्होंने दिया है, उस पर मुझे हंसी आई—इतना बेतुका।

उन्होंने कहा, "अपने हृदय में, मैं अभी भी जानता हूं कि जो कुछ मैंने कहा वह सत्य था। किंतु तथ्य जो प्रकाश में आए हैं, वे बताते हैं कि वह झूठ था। मुझे अभी भी अपने हृदय में विश्वास है कि मैं सच ही बोलता आ रहा था।" वे तथ्यों को स्वीकार कर रहे हैं, और फिर भी, साथ-साथ कह रहे हैं, "मुझे अभी भी अपने हृदय में विश्वास है कि मैं जो कुछ भी कह रहा था, सच था, यद्यपि तथ्य उसे गलत साबित कर रहे हैं।"

राजनीतिक झुठों पर जीते हैं; राजनीतिक वायदों पर पलते हैं—किंतु वे वायदे कभी पूरे नहीं किए जाते। वे विश्व में सर्वाधिक अयोग्य लोग हैं। उनकी एकमात्र योग्यता है कि वे निरीह जनता को मूर्ख बना सकते हैं; अथवा, गरीब देशों में, उनके मत खरीद सकते हैं। और एक बार वे सत्ता में आ गए तो पूरी तरह भूल जाते हैं कि वे जनता के सेवक हैं; वे ऐसा व्यवहार करने लगते हैं जैसे कि वे जनता के स्वामी हैं।

वे मनुष्य के अंतर्जगत् के विषय में क्या जानते हैं? वे आनंदमग्नता के विषय में, भगवत्ता के विषय में क्या जानते हैं? तथापि, वे चाहते हैं कि धर्म को राजनीति में हस्तक्षेप न करने दिया जाए। उनके सम्बंध में क्या? उन्हें धर्म के साथ हस्तक्षेप करने दिया जाए? क्या निम्नतर उच्चतर को अधिशासित करने जा रहा है? क्या लौकिक पवित्र को अधिशासित करने जा रहा है? वह मानवता का परम दुर्भाग्य होगा।

जहां तक मेरा खयाल है, सारे राजनीतिकों को ध्यानी होना चाहिए, अंतर्जगत् के सम्बंध में कुछ पता होना चाहिए; ज्यादा चैतन्य होना चाहिए, ज्यादा करुणापूर्ण, प्रेम के स्वाद से परिचित; अस्तित्व के मौन का अनुभव उनके पास हो और इस ग्रह के सौंदर्य का, और अस्तित्व के उपहारों का। और उन्हें विनम्र और अनुग्रहपूर्ण होने की कला सीखनी चाहिए।

धर्म को सारे राजनीतिकों का शिक्षक होना चाहिए। यदि राजनीतिकों के पास धार्मिकता की कोई सुगंध नहीं आ जाती, तो मानवता का कोई भविष्य नहीं है। धर्म को राजनीतिकों के साथ हस्तक्षेप करना ही होगा। राजनीतिकों के साथ धर्म के हस्तक्षेप बिना...राजनीतिक अंधे हैं, उनके पास आंखें नहीं हैं; वे बहरे हैं, सत्य को सुन पाने के लिए उनके पास शांत चित्त नहीं है।

लेकिन राजीव गांधी चिंतित क्यों हैं कि धर्म और राजनीति को अलग किया जाना चाहिए? राजनीति छोटी बात है। धर्म मनुष्य का समग्र विकास है। राजनीति को धर्म की विशाल अनुभूति का अंशमात्र होना चाहिए। किसी विभाजन की कोई आवश्यकता नहीं है। लेकिन राजनीतिक, क्योंकि वह सत्ता में है, इतना अहंकारी हो जाता है कि वह सोच भी नहीं सकता उन विनम्र, सरल किंतु बुद्धिमान लोगों के पास जाने की।

समस्याएं बढ़ती जाती हैं; राजनीतिक उन्हें हल करने में नपुंसक सिद्ध हुए हैं। किंतु वे उन लोगों के पास नहीं जाएंगे जो उन्हें दिशा प्रदान कर सकते हैं, जो उन्हें सलाह दे सकते हैं क्योंकि उनके पास स्पष्टता है।

मैं राजनीतिज्ञ नहीं हूं। मैंने अपने जीवन में कभी मतदान नहीं किया है और न करनेवाला हूं—कभी; क्योंकि दो बंदरों के बीच चुनाव करने का अर्थ भी क्या है, क्या सिर्फ इसलिए कि वे दो अलग ढंग के झंडे पकड़े हुए हैं। क्या सिर्फ इसलिए कि उनके चिह्न भिन्न हैं? आखिर तो बंदर बंदर ही हैं।

उनमें धर्म के प्रति, धार्मिक लोगों के प्रति एक गहन सम्मान की जरूरत है, क्योंकि एक बात निश्चित है : धार्मिक लोग चुनाव लड़ने नहीं जा रहे हैं—कोई धार्मिक व्यक्ति मतों की भीख नहीं मांगनेवाला। मूलतः, उसके पास अपने अहंकार के पोषण की कोई आकांक्षा नहीं है क्योंकि छिपाने के लिए कोई हीनता-ग्रंथि नहीं है। अपने मौन में, अपनी शांति में, अपनी आनंदमग्नता में वह परम श्रेष्ठता को जान चुका है। अब उससे आगे और कुछ नहीं है, उसके ऊपर और कुछ नहीं है। अब वह एक मंदिर बन चुका है; उसका परमात्मा उसके स्वयं के भीतर है। राजनीतिक का अस्तित्व युद्धों पर आधारित है, दंगे पैदा करवाने पर आधारित है, अशांति पर आधारित है—ये सब उसके पोषण हैं। एडोल्फ हिटलर ने अपनी आत्मकथा में लिखा है—"जब तक तुम्हारे दुश्मन न हों तुम एक महान नेता नहीं बन सकते। यदि तुम्हारे दुश्मन न भी हों, तो यह झूठ निर्मित करो कि तुम्हारा देश खतरे में है, क्योंकि लोग जब भयभीत हों तो वे गुलाम बनने को तैयार हैं। जब लोग भयभीत होते हैं, वे राजनीतिक का अनुसरण करने को राजी हैं।"

यद्यपि वह एक विक्षिप्त व्यक्ति था, कभी-कदा उसने ऐसे वक्तव्य दिए जो बहुत अर्थपूर्ण हैं। उसने कहा है, ''मनुष्यजाति के महानतम नेता युद्धों के दिनों में पैदा होते हैं।" तो जब तक एक महान युद्ध न हो, तुम एक महान नेता नहीं बन सकते; एक महान नेता होने की आकांक्षा पूरी करनेमात्र के लिए

तुम्हें करोड़ों लोगों की हत्या करनी होगी।

और वह सही है : शांति के दिनों में, लोगों को किसी का अनुसरण करने की जरूरत नहीं; उन दिनों में लोग किसी नेता को करीब-करीब देवता नहीं बना देते जिससे उसके वचन ही कानून बन जाते हों।

राजनीतिक हर तरह से उपाय करते हैं अपने देश को भयभीत रखने के लिए। चीन भारत की सीमा पर परमाणु-अस्त्र तैयार कर रहा है; पाकिस्तान भारत की सीमा पर फौजें जमा कर रहा है—भारतीय राजनेता जिद किये जाते हैं कि यह सच है। पाकिस्तान में, वे जिदपूर्वक कहे चले जाते हैं कि भारत उनकी सीमा पर फौजें जमा कर रहा है, चीन में, वे जिद किये जाते हैं कि भारत परमाणु-अस्त्र तैयार कर रहा है। पार्लियामेंटों में, वे कहे चले जाते हैं, "हम कुछ भी ऐसा निर्मित नहीं कर रहे हैं।"-किंतु वह एक सफेद झूठ हैं।

चीनी नेता को चीन के लोगों को भयभीत रखना पड़ता है। भारतीय नेता को भारत के लोगों को भयभीत रखना पड़ता है। पाकिस्तानी नेताओं को पाकिस्तान के लोगों को भयभीत रखना पड़ता है।

तुम्हारे भय में उनकी शक्ति है।

जितना ज्यादा वे तुम्हें भयभीत रख पाते हैं, उतने ही ज्यादा वे शक्तिशाली होते हैं। देश के बाहर वे इन कल्पनाओं को गढ़ते चले जाते हैं, और देश के भीतर वे जारी रखते हैं: हिंदू-मुस्लिम दंगे, हिंदी-भाषी और गैरहिंदी-भाषी लोगों के बीच दंगे। वे चाहते हैं कि तुम किसी भी बात के लिए, मगर लड़ते रहो—कोई भी तुच्छ बात के लिए।

यदि तुम लड़ने में संलग्न हो, वे शक्ति और सत्ता में हैं। यदि तुम लड़ना बंद कर दो, उनकी शक्ति विदा हो जाती है। यह एक भद्दा खेल है।

यह धार्मिक लोगों के कर्तव्यों में से एक है कि वे स्वयं को राजनीति से ऊपर रखें और लोगों को सृजनात्मक मूल्यों की ओर, अधिक-अधिक मानवता की ओर ले चलें। दरअसल, अगर धर्मों की समझ में एक बात आ जाए, कि सारी मनुष्यता एक है और किसी राष्ट्र की कोई आवश्यकता नहीं है, ये सारे बौने राजनीतिक विदा हो जाएंगे।

किंतु सबसे अनोखी बात यह है कि राजनीतिक लोग कहे चले जाते हैं कि धर्म और राजनीति को पृथक रहना चाहिए, क्यों? क्यों सत्य को राजनीति से पृथक रहना चाहिए? और क्यों प्रेम को राजनीति से पृथक रहना चाहिए? क्यों ध्यानपूर्ण चेतना को राजनीति से पृथक रहना चाहिए? क्यों एक

प्रार्थनापूर्ण हृदय को राजनीति से पृथक रहना चाहिए?

हां, मैं समझता हूं कि इस अर्थ में उसे पृथक रहना चाहिए कि वह उच्चतर है। राजनीतिक को मनोवैज्ञानिक-उपचार और आध्यात्मिक-उपचार की आवश्यकता है, और उसे धार्मिक लोगों के पास सलाह के लिए जाना चाहिए। प्राचीन भारत में ऐसी स्थिति थी। हमने वे दिन देखे हैं; वे सुनहरे दिन अभी भी स्मृतियों में जीवंत हैं। एक समय था जब सम्राट वनों को जाते थे उन भिखारियों के प्रति सम्मान प्रकट करने के लिए जिनके पास कुछ भी न था—और उनकी सलाह लेने के लिए।

सम्राट उनके चरण छुआ करते जिन्होंने आत्मज्ञान उपलब्ध कर लिया था, क्योंकि उनका आशीर्वाद मात्र तुम्हें रूपांतरित कर सकता है। राजनीति कार्यमूलक है; वह उपयोगितावादी है—परंतु उसके पास मनुष्य को उच्चतर चेतना में ले चलने का कोई उपाय नहीं है। और, विशेषतः भारत के संदर्भ में, यह एक ऐसी भद्दी स्थिति बनी हुई है। पीड़ा होती है।

महात्मा गांधी कहा करते थे, स्वतंत्रता से पूर्व कि भारत का प्रथम राष्ट्रपति किसी महिला को बनाया जाएगा। और न केवल वह महिला होगी वरन् शूद्र भी होगी—निम्नतम अस्पृश्य वर्ग से।

लेकिन जैसे ही आजादी आई, वे सारे वायदे जिनकी वे बातें किया करते थे, भूल गए और वही पुराने सत्ता के खेल शुरू हो गए : पंडित जवाहरलाल नेहरू एक ब्राह्मण हैं; वे महिला नहीं हैं और वे शूद्र नहीं हैं। पुनः ब्राह्मण की ही सत्ता कायम होती है। और चालीस वर्षों से, ब्राह्मणों का एक परिवार भारत पर आधिपत्य जमाए हुए है। उन्होंने करीब-करीब अपना व्यक्तिगत राजवंश बना रखा है। यह प्रजातंत्र नहीं रह गया है।

थोड़ा तथ्यों पर गौर करो : भारतीय जनता पर महात्मा गांधी की पकड़ क्या थी? वे धार्मिक होने का स्वांग कर रहे थे—वे एक धार्मिक व्यक्ति नहीं थे—एक हिंदू संत होने का स्वांग कर रहे थे, क्योंकि हिंदुओं का बहुमत है, वे ही देश का शासन करनेवाले थे। यही कारण था कि वे भारत के अविभाजन की जिद पकड़े हुए थे, क्योंकि एक अविभाजित भारत में, हिंदू सत्ता में होंगे; हिंदुओं के हाथों से कोई सत्ता छीन नहीं सकता क्योंकि बाकी सब लोग अल्पमत में हैं। इस राजनीति पर कोई ध्यान नहीं देता—कि वे धर्म तक का उपयोग भद्दे मंतव्यों के लिए कर रहे थे।

डॉ. अम्बेडकर अस्पृश्यों के लिए अलग मत की मांग कर रहे थे और मैं उस व्यक्ति से पूर्णतः सहमत हूं, इस सीधे से कारण से कि पांच हजार

वर्षों से ये लोग दमित किए गए हैं, शोषित किए गए हैं; मनुष्य के रूप में उनकी सारी गरिमा नष्ट कर दी गई है—और वे हिंदू-जनसंख्या का चौथाई भाग हैं। और वे गंदे से गंदा काम करते हैं; उनका सम्मान होना चाहिए, उसके लिए उनकी इज्जत की जानी चाहिए। लेकिन इससे विपरीत, उनकी छाया तक अस्पृश्य है। यदि एक अस्पृश्य की छाया आप पर पड़ जाती है, आपको स्वयं को शुद्ध करने के लिए तुरंत स्नान करना होगा।

अम्बेडकर एकदम सही थे अस्पश्यों के लिए अलग मत मांगने में, ताकि उन्हें पक्का यकीन हो सके कि पार्लियामेंट में एक चौथाई सदस्य उनके होंगे। अन्यथा, वे पार्लियामेंट में पहुंचने में कभी सफल न होंगे; वे मनु द्वारा निर्मित पांच हजार वर्ष पुराने, भद्दे जाति-व्यवस्था-नियमों को बदलने में कभी सफल न होंगे।

बड़े-बड़े अपराधी हैं, किंतु लगता है मनु उनमें सर्वोपरि हैं। एडोल्फ हिटलर के मन में मनु के प्रति बड़ा सम्मान था; फ्रेडरिक नीत्शे के मन में मनु के प्रति बड़ा सम्मान था—गौतम बुद्ध के प्रति नहीं—और मनु इस देश के लिए एक अभिशाप सिद्ध हुए हैं। उन्होंने करोड़ों लोगों से उनकी सारी मानवी गरिमा छीन ली; वे पशुओं की तरह जी रहे हैं।

अम्बेडकर यह कहने में पूर्णतः तर्कसंगत व सही थे कि इन लोगों को अलग मत का अधिकार मिलना चाहिए, किंतु गांधी ने आमरण अनशन शुरू कर दिया इस बात के लिए कि अम्बेडकर अपना आंदोलन बंद कर दें; अन्यथा, वे कुछ खाएंगे-पीएंगे नहीं जब तक कि मृत्यु ही नहीं आ जाती। अब यह सर्वथा अतर्कपूर्ण है। क्योंकि तुम लोगों को उपवास करके राजी कर लेते हो, इसका अर्थ यह नहीं कि तुम सही हो। यह ब्लैकमेल है; यह धमकाना है—"मैं आत्महत्या कर लूंगा यदि तुम मुझसे राजी नहीं होते।"

स्वभावतः, सारा देश अम्बेडकर पर दबाव डाल रहा था, 'अपना आंदोलन बंद करो; अन्यथा गांधी की मृत्यु तुम्हारे लिए और अस्पृश्यों के लिए बहुत खतरनाक सिद्ध होगी। वे जिंदा जला दिए जाएंगे। उनके गांव जला दिए जाएंगे क्योंकि हिंदू लोग बदला लेंगे कि अस्पृश्यों ने गांधी को मार दिया है।' जितनी देर सम्भव हुआ अम्बेडकर ने खींचा, किंतु अंततः समर्पण कर दिया—यह देखते हुए कि शायद यदि गांधी की मृत्यु हो ही जाती है...! यद्यपि यह कोई तर्क नहीं है।

यदि मैं अम्बेडकर की जगह होता तो मैंने गांधी को कहा होता, "तुम मर सकते हो क्योंकि तुम्हारी मृत्यु कोई तर्क नहीं है।" यह उतनी ही

मूर्खतापूर्ण कहानी है जैसी कि एक मैंने सुनी है।

एक बहुत बदसूरत आदमी एक सुंदर लड़की से विवाह करना चाहता था—और उसकी उम्र लड़की के पिता के जितनी थी। और उसने गांधीवादी तरीका अपनाया : उसने अपना बिस्तर लिया, लड़की के घर के सामने पड़ रहा और आमरण अनशन घोषित कर दिया, जब तक कि लड़की का पिता लड़की का विवाह उससे कर देने के लिए राजी नहीं हो जाता। अब हर आदमी उस बेचारे के प्रति सहानुभूति अनुभव कर रहा था—"वह मर रहा है। क्या महान प्रेमी है! हमने ऐसे प्रेमियों के बारे में सिर्फ कहानियों में सुना है, और वह वास्तव में एक मजनू, एक फरहाद, एक महिवाल है।"

पिता भारी कठिनाई में था; लड़की अत्यंत भय में थी। सारे दिन घर पर भीड़ जमा रहती और लोग चिल्लाते, "उसकी मृत्यु तुम्हारे लिए खतरनाक होगी। यह व्यक्ति कोई हिंसात्मक व्यवहार नहीं कर रहा : यह तो अहिंसात्मक व्यवहार ही कर रहा है, एक धार्मिक व्यक्ति, उपवासरत।"

किसी आदमी ने लड़की के पिता को सलाह दी, "तुम किसी पुराने गांधीवादी के पास जाओ। यह पता करने के लिए कि ऐसी स्थिति में क्या करना चाहिए।"

गांधीवादी ने कहा, "इसमें कोई समस्या नहीं। एक बहुत बदसूरत वेश्या है, बहुत बूढ़ी...तुम बस उसे एक सौ रुपए दे दो और वह भी उस आदमी के बगल में अपना बिस्तर लगाकर पड़ रहे, यह कहते हुए कि 'यदि तुम मुझसे विवाह नहीं करते तो मैं आमरण अनशन करूंगी'।" रात में उस आदमी ने अपना बिस्तर समेटा और भाग निकला।

ये तर्क नहीं हैं।

और अम्बेडकर अपना आंदोलन खत्म करने के लिए विवश कर दिए गए और संतरे के रस का गिलास लेकर वे गांधी के पास गए कि वे अपना अनशन समाप्त करें। यह राजनीति की सेवा में धर्म को लगाना है : कोई धार्मिक व्यक्ति वैसा नहीं कर सकता।

भारत के अखंड और एक बने रहने की अवधारणा भी कुछ और न थी बल्कि राजनीति जो हिंदुओं की सेवा में उपयोग की जा रही थी, ताकि मुसलमान अथवा ईसाई अथवा जैन अथवा सिख कभी सत्ता में न आ सकें। हिंदू सत्ता में बने रहेंगे—क्योंकि वे बहुमत में हैं।

जिन्ना, जिसने पाकिस्तान बनाया, जरा भी धार्मिक व्यक्ति न था; किंतु उसने भी धर्म का उपयोग किया। उन्होंने अलग देश बनाने के लिए मुसलमानों

का आंदोलन खड़ा किया; अन्यथा वे सत्ता में न आ सकेंगे—कभी। अचानक वह एक महान मुसलमान बन गए, एक महान धार्मिक व्यक्ति। और धर्म के नाम पर...वह सब राजनीति थी—न महात्मा गांधी धार्मिक थे और न मुहम्मद अली जिन्ना धार्मिक थे। लेकिन दोनों सत्ता चाहते थे।

तब से, चालीस वर्ष बीत चुके हैं—राजनीतिकों ने इस देश के लिए किया क्या है? जब यह देश आजाद हुआ, इसकी आबादी केवल चालीस करोड़ थी। वे जनसंख्या-विस्फोट को रोकने में भी सफल नहीं हुए, जो कि बिना किसी पारमाणविक हथियारों के इस देश को नष्ट कर देनेवाला है। अब जनसंख्या दुगुने से भी अधिक है; नब्बे करोड़ लोग! और इस सदी के अंत तक, भारत दुनिया का सबसे अधिक जनसंख्यावाला देश होगा। अब तक, चीन था, किंतु चीन अधिक वैज्ञानिक व्यवहार कर रहा है और अपनी जनसंख्या कम करने के प्रयास कर रहा है। इस सदी के अंत तक, दुनिया का हर चौथा आदमी भारतीय होगा।

और राजनीतिक क्या कर रहे हैं? वे संतति-नियमन के पक्ष में, गर्भपात के पक्ष में लोगों से कुछ भी कहने में भयभीत हैं, क्योंकि उनका रस इस बात में जरा भी नहीं है कि यह देश बचता है या नष्ट हो जाता है; उनका सारा रस इस बात में है कि वे किसी को नाराज नहीं करना चाहते। लोगों के पास अपने पूर्वग्रह हैं—राजनीतिक उनके पूर्वग्रहों को छूना नहीं चाहते क्योंकि उन्हें उनके मतों की आवश्यकता है। यदि वे उनके पूर्वग्रहों को चोट पहुंचाते हैं, तो ये लोग उन्हें अपना मत प्रदान करनेवाले नहीं।

केवल एक धार्मिक व्यक्ति ही, जिसके पास स्पष्ट देखने की क्षमता है। और जिसे लोगों के मतों की आवश्यकता नहीं है, सत्य को कह सकता है, क्योंकि धार्मिक व्यक्ति को आपसे कुछ भी अपेक्षा नहीं है—राजनीतिक केवल प्रीतिकर झूठ बोल सकते हैं, दिलासापूर्ण झूठ बोल सकते हैं, ताकि उनके मत प्राप्त कर सकें—उलटे, सत्य बोलना उसके जीवन के लिए खतरनाक हो सकता है; यह सदा से ऐसा ही रहा है। जब भी सत्य बोला गया है, बोलनेवाले को सूली लगा दी गई है। राजनीतिक लोग सत्ता की तलाश में हैं, सूली की नहीं।

दुनिया को अधिक-से-अधिक ऐसे धार्मिकों की जरूरत है जो सूली लगने की कीमत पर भी सत्य बोलने को तैयार हों। धार्मिक व्यक्ति सूली लगने से नहीं डरता, जिसका सरल-सा कारण यह है कि उसे पता है कि मृत्यु एक झूठ है। अधिक-से-अधिक, वे उसका शरीर नष्ट कर सकते हैं;

लेकिन उसका चैतन्य, उसकी आत्मा, उसके भीतर का परमात्मा तो जिए ही चला जाएगा।

धर्म की प्रतिष्ठा ऊपर रहनी चाहिए, और धार्मिक लोग सुने जाने चाहिए। संसद को सतत धार्मिक लोगों को आमंत्रित करते रहना चाहिए कि वे उन्हें कुछ उपाय सुझा सकें कि कैसे देश की समस्याएं हल की जाएं, क्योंकि वे स्वयं तो कुछ भी हल करने में सर्वथा नपुंसक हैं। समस्याएं बढ़ती जाती हैं, किंतु राजनीतिक का अहंकार यह नहीं स्वीकार करना चाहता कि कोई उनसे भी ऊपर है। लेकिन चाहो अथवा न चाहो, धार्मिक व्यक्ति तुमसे ऊपर है। तुम लोगों की चेतना में रूपांतरण नहीं ला सकते—वह ला सकता है।

निश्चित ही, धर्म को अपनी पवित्रता से नीचे उतरकर राजनीति के तुच्छ मसलों में नहीं आना चाहिए। अस्तु, मैं इस बात से सहमत हूं कि : धर्म और राजनीति को अलग रहना चाहिए। उनमें दूरी विशाल है। धर्म आसमान का एक सितारा है, राजनीतिक जमीन पर रेंग रहे जंतु हैं।

वे अलग हैं। लेकिन यह सवाल नहीं है कि उन्हें अलग होना चाहिए। राजनीतिकों को यह स्मरण रखना चाहिए कि वे सांसारिक मसलों पर काम कर रहे हैं। और वह मानवता का असली गंतव्य नहीं है।

धार्मिक लोग हर सम्भव प्रयत्न कर रहे हैं मानवता को उस बिंदु तक ऊपर उठाने का—उसकी चेतना को, उसके प्रेम को, उसकी करुणा को—जहां युद्ध असम्भव हो जाते हैं, जहां राजनीतिक धोखा नहीं दे सकते लोगों को, जहां उनके झूठों और वायदों का भंडाफोड़ किया जा सके। यह राजनीति में हस्तक्षेप नहीं है : यह मात्र लोगों की सुरक्षा करना है राजनीतिकों के शोषण से। अलग वे पहले से ही हैं। राजीव गांधी को यह धारणा किसने दी कि धर्म और राजनीति अलग-अलग नहीं हैं?

राजनीति कुछ ऐसी बात है जिसका स्थान गंदी नालियों में है। धर्म का स्थान उन्मुक्त, स्वच्छ आकाश में है—जैसे कोई उड़ता हुआ पक्षी, जो अस्तित्व के केंद्र पर ही पहुंच जाने के लिए सूर्य के आरपार उड़ा जा रहा हो।

निश्चित ही धार्मिक लोग राजनीति में भागीदार नहीं हो सकते; लेकिन राजनीतिकों को विनम्रता सीखनी चाहिए—उनकी शक्ति को उन्हें अंधा नहीं बनाने देना चाहिए। शक्ति भ्रष्ट करती है और आत्यंतिक शक्ति आत्यंतिक रूप से भ्रष्ट करती है; और सारे राजनीतिक अपनी शक्ति द्वारा भ्रष्ट हैं। और उनके

पास शक्ति क्या है? क्योंकि वे तुम्हारी हत्या कर सकते हैं—उनकी शक्ति एक कसाई की है, जिसमें कुछ भी महिमाशाली नहीं, सम्माननीय नहीं।

धार्मिक व्यक्ति के पास एक बिलकुल अलग किस्म की शक्ति होती है : यह उसकी उपस्थिति में है, यह उसके महत प्रेम और जीवन के प्रति सम्मान में है; यह अस्तित्व के प्रति उसके अनुग्रह भाव में है।

हमें नहीं भूलना चाहिए कि निम्नतर को अपनी सीमाओं के भीतर ही रहना चाहिए; और जितना सम्भव हो देश के बुद्धिमान लोगों को संसद को उन समस्याओं पर सम्बोधित करने के लिए बुलाते रहना चाहिए जिनको हल करने में राजनीतिक समर्थ नहीं हैं–जिन्हें हल करने की समझ ही नहीं है उनके पास।

लेकिन राजीव गांधी के इरादे सर्वथा दूसरे हैं। वे चाहते हैं कि राजनीतिक धर्म सहित सब पर आधिपत्य जमानेवाली एकमात्र शक्ति हों; और कि धर्म भी राजनीतिकों के इशारे पर चले।

मैं इस इरादे की समग्रतः भर्त्सना करता हूं। धर्म राजनीतिकों के निर्देशों पर नहीं चल सकता। राजनीतिकों को धार्मिकों की सलाह मानने की कला सीखना चाहिए। समस्याएं इतनी छुद्र हैं कि कोई भी समझदार और हितैषी व्यक्ति सरलता से उनका हल कर सकता है। लेकिन राजनीतिक उन्हें हल करना नहीं चाहता; वह उन्हें हल करने की केवल बात करता है क्योंकि उसकी शक्ति इस बात पर निर्भर है कि आपके पास कितनी ज्यादा समस्याएं हैं। जितनी अधिक समस्याएं होंगी तुम्हारी, उतने ही दयनीय होगे तुम, उतना ही शक्तिशाली होगा वह।

धार्मिक चेतना के लिए, जितने अधिक आनंदित तुम हो, जितने अधिक प्रेमपूर्ण, जितने अधिक उत्सवपूर्ण...वह चाहता है कि तुम्हारा जीवन एक गीत हो, एक नृत्य क्योंकि वही एकमात्र वह ढंग है जिस प्रकार हमें जीवन के स्रोत की उपासना करनी चाहिए—अपने आनंद द्वारा, अपने गीतों द्वारा और अपने नृत्यों द्वारा।

दि हिडन स्प्लेंडर—15 मार्च 1987, प्रातः
(प्रथम प्रश्न)

जब धर्म संगठन बनता है

भगवान,
धर्म क्या है? संगठित धर्म पर आपके क्या विचार हैं?

धर्म मनुष्य चेतना की उच्चतम उड़ान है। वह सत्य की व्यक्तिगत खोज है।

आंतरिक सत्य को सामूहिक ज्ञान का विषय नहीं बनाया जा सकता। प्रत्येक को स्वयं के भीतर जाना होता है; हर बार वह एक नया आविष्कार है। इससे कोई फर्क नहीं पड़ता कि कितने लोगों ने जागरण को, आत्मज्ञान को उपलब्ध किया है, जिस क्षण तुम उसे उपलब्ध करोगे, वह नितांत अभिनव होगा—क्योंकि वह उधार नहीं लिया-दिया जा सकता।

यह खोज मूलतः अपनी आंतरिकता को जानने की खोज है। तुम्हारा एक बाहर है; और कोई भी बाहर एक भीतर के बिना हो ही नहीं सकता। बाहर का होना ही एक भीतरी जगत् का प्रमाण है।

भीतरी जगत् की तीन पर्तें हैं : सबसे सतह पर हैं विचार, भाव उनसे गहरे हैं, और फिर है तुम्हारा होना, जो तुम्हारी भगवत्ता है। स्वयं की भगवत्ता को जान लेना, स्वयं की शाश्वतता से परिचित हो जाना ही धर्म की मूल खोज है।

तुम्हारी सभी इंद्रियां तुम्हें बाहर ले जाती हैं : आंखें बाहर देखने के लिए खुलती हैं, कान उसे सुनते हैं जो बाहर घटता है, तुम्हारे हाथ उसे स्पर्श कर सकते हैं जो बाहर है। इंद्रियां बाहर जाने के द्वार हैं। और ध्यान रहे, द्वार जो तुम्हें बाहर ले जाता है, वही भीतर भी ला सकता है। वह एक ही

द्वार है जिससे तुम अपने घर से बाहर जाते हो और फिर जिससे होकर घर के भीतर आते हो। मात्र दिशा बदलती है। बाहर जाने के लिए, तुम्हें आंखें खुली रखने की जरूरत होती है; भीतर आने के लिए बंद आंखों की जरूरत होती है —तुम्हारी सारी इंद्रियां शांत।

पहला साक्षात्कार मन से होता है। लेकिन वह तुम्हारी असलियत नहीं है। यद्यपि वह तुम्हारी खोपड़ी के भीतर होता है, वह तुम नहीं हो—वह बाह्य का प्रतिफलन है।

तुम्हारे सब विचार बाह्य का प्रतिफलन हैं।

उदाहरण के लिए, एक अंधा आदमी रंगों के सम्बंध में नहीं सोच सकता है, क्योंकि उसने रंग देखे नहीं हैं, अतः प्रतिफलन सम्भव नहीं है। अंधा आदमी अंधकार को भी नहीं देख सकता। और क्योंकि उसने कभी बाहर प्रकाश अथवा अंधकार नहीं देखा है, किसी प्रतिफलन की कोई सम्भावना नहीं है। अंधा आदमी जानता ही नहीं है कि अंधकार है अथवा प्रकाश है—दोनों ही शब्द निरर्थक हैं।

और यदि तुम अपने विचारों का विश्लेषण करो, तो तुम्हें पता चलेगा कि तुम्हारे भीतर उनका सूत्रपात बाहर के यथार्थ से होता है। तो मूलतः वे बाहर के हैं, तुम्हारी चेतना के आंतरिक सरोवर में प्रतिफलित हुए।

लेकिन इन विचारों के कारण...और वे एक विशाल भीड़ हैं तुम्हारे भीतर, वे संग्रहीत होते चले जाते हैं, वे चीन की दीवार खड़ी कर देते हैं। तुम्हें अपने विचारों के पार जाना होगा। और धर्म केवल एक विधि जानता है—नाम अनेक हैं, लेकिन विधि एक है, वह है : द्रष्टाभाव; वह है : साक्षीभाव। तुम अपने विचारों को केवल देखते भर हो; बिना कोई निर्णय लिए, न निंदा न प्रशंसा—नितांत तटस्थ, बस तुम सिर्फ तुम्हारे मन के पर्दे पर चलती हुई विचार की प्रक्रिया को देखते हो।

जैसे-जैसे तुम्हारा द्रष्टा मजबूत होता जाता है, विचार कम होते जाते हैं—उसी अनुपात में। यदि द्रष्टा तुम्हारी ऊर्जा का दस प्रतिशत है, तो तुम्हारी नब्बे प्रतिशत ऊर्जा विचारों में व्यर्थ हो रही है। अगर तुम्हारा द्रष्टा नब्बे प्रतिशत होता है, तो केवल दस प्रतिशत विचारों में रह पाता है। जिस क्षण तुम शत-प्रतिशत द्रष्टा होते हो, मन शून्य हो जाता है।

इस समूची प्रक्रिया को ध्यान कहते हैं।

विचारों से गुजरने के बाद तुम अपने भीतर की दूसरी पर्त पर पहुंचोगे—भावों की, तुम्हारे हृदय की, जो कि और सूक्ष्म है। लेकिन अब तक तुम्हारा

द्रष्टा तुम्हारी मनोदशाओं, तुम्हारे मनोवेगों, तुम्हारी भावनाओं, तुम्हारी संवेदनाओं का निरीक्षण करने में भी सक्षम हो जाता है—चाहे वे कितने ही सूक्ष्म क्यों न हों। और वही विधि उसी ढंग से काम करती है जैसे उसने विचारों के साथ किया था। जल्दी ही न मनोवेग बचेंगे, न संवेदनाएं बचेंगी, न मनोदशाएं। तुम मन और हृदय के पार जा चुके हो। अब वहां निपट मौन है, कहीं कोई तरंग नहीं—यह तुम्हारा प्राण है, यह तुम हो।

सत्य तुम्हारे प्राणों का स्वाद है।

तुम्हारे प्राणों का सौंदर्य अस्तित्व का सौंदर्य है।

तुम्हारे प्राणों का मौन ही वह भाषा है जिसे अस्तित्व समझता है।

और मात्र प्राणों में रम जाने से तुम घर लौट चुके हो। भटकन समाप्त हुई। संघर्ष समाप्त हुआ। निश्चिंत, तुम चुपचाप अपने भीतर बैठ जाते हो।

एक विराट छिपी हुई महिमा तुम्हारे लिए उद्घाटित हो जाती है क्योंकि अब तुम सत्य से पृथक नहीं हो—उसके साथ तुम एक हो। ये वृक्ष और ये चांद और ये सितारे और ये पर्वत, सब एक ही जैव इकाई के हिस्से हैं। तुम भी उसी जैव इकाई के हिस्से हो। तुम परमात्मा के हिस्से हो जाते हो।

धर्म मनुष्य की सर्वोच्च उपलब्धि है।

धर्म के पार, कुछ भी नहीं—लेकिन कोई जरूरत भी नहीं है। तुम्हारी आत्मा इतनी समृद्ध है, आनंद, मौन, शांति, समझ, मस्ती से इस कदर छलकती हुई है, कि पहली बार जीवन सचमुच में एक गीत, एक उत्सव बनता है। वे जो धर्म से परिचित नहीं हैं, उन्हें उत्सव का कोई पता नहीं होता।

लेकिन संगठित धर्म बिलकुल अलग ही मामला है। इसलिए मैं तुम्हें यह साफ-साफ बता देना चाहता हूं कि प्रामाणिक धर्म हमेशा व्यक्तिगत होता है। जिस क्षण सत्य का संगठन बनता है, वह मर जाता है। वह एक सिद्धांत बन जाता है, एक धर्म-विज्ञान, एक दर्शनशास्त्र, लेकिन अब उसका अनुभव नहीं किया जाता, क्योंकि भीड़ अनुभव नहीं कर सकती। अनुभव केवल व्यक्तियों को घटित होता है—अलग से।

यह लगभग प्रेम की भांति है। तुम प्रेम के संगठन नहीं बना सकते...ताकि तुम्हें फिक्र न लेनी पड़े, संगठन संभाल लेगा, तुम्हारे बजाय पुरोहित प्रेम कर लेगा। लेकिन धर्म के साथ यही हुआ है। हर बार जब कोई व्यक्ति सत्य को खोज लेता है, तत्क्षण मानवता का एक सर्वाधिक धूर्त हिस्सा—पुरोहित—उसको घेर लेते हैं। वे उसके शब्दों का संकलन करने लगते हैं; वे उसके शब्दों की व्याख्या करने लगते हैं; और वे लोगों को यह स्पष्ट करने लगते

हैं कि यदि तुम्हें सत्य को जानना हो तो तुम्हें उनके मार्फत जाना होगा—वे ईश्वर के प्रतिनिधि हैं। वे अपने आपको मसीहा कह सकते हैं, वे अपने आपको पैगम्बर कह सकते हैं, वे कोई भी नाम क्यों न चुनें लेकिन हकीकत यह है कि वे ईश्वर के स्व-नियुक्त प्रतिनिधि हैं। वे ईश्वर को जानते नहीं, लेकिन ईश्वर के नाम पर वे मानवता का शोषण करते हैं।

संगठित धर्म राजनीति का ही एक दूसरा रूप है। जिस तरह मैं सदा राजनीति की मनुष्यों की निम्नतम गतिविधि के रूप में निंदा करता रहा हूं, ठीक वही दृष्टिकोण मेरा संगठित धर्मों के प्रति है। तुम इसे देख सकते हो, पुरोहित और राजनीतिक सदा मनुष्यजाति के खिलाफ षड्यंत्र में रहे हैं। वे एक-दूसरे को सहारा देते रहे हैं। उन्होंने आपस में चीजें बांट ली हैं ताकि तुम्हारा सांसारिक जीवन राजनीतिक के शिकंजे में हो—वहां वहा शासक है; और तुम्हारे आंतरिक जीवन पर पुरोहित की पकड़ हो—वहां वह शासक है।

कभी-कभी तो इतना आश्चर्य होता है, यह अविश्वसनीय लगता है कि बीसवीं सदी में भी, कुछ महीनों पहले पोप यह घोषणा कर सका कि परमात्मा से सीधे सम्पर्क करना पाप है। तुम्हें पुरोहित के माध्यम से जाना चाहिए—सही माध्यम। क्योंकि अगर लोग सीधे ही परमात्मा तक जाने लगे, परमात्मा से पाप-स्वीकारोक्ति करने लगें, परमात्मा की प्रार्थना करने लगें, तो लाखों पुरोहित बेरोजगार हो जाएंगे। वे कुछ भी करते नहीं हैं, उनका कुल काम है तुम्हें धोखा देना। क्योंकि तुम परमात्मा की भाषा नहीं समझते और तुम इतने विकसित नहीं हो, बस थोड़ी-सी फीस के बदले—उनके चर्च या उनके मंदिर को कुछ दान—वे तुम्हारे लिए वह काम कर देंगे।

ये समस्त दान पुरोहितों की जेबों में जाते हैं। वे परमात्मा के बारे में कुछ भी नहीं जानते, लेकिन वे बड़े पंडित हैं—वे तोतों की भांति शास्त्रों को दोहरा सकते हैं। लेकिन उनकी आंतरिक चाह ईश्वर के लिए नहीं है, वे शोषक हैं।

मैंने सुना है, एक पुरोहित ने दो तोते खरीदे और बड़ी मेहनत करके उसने उन्हें ईसा मसीह के सुंदर वक्तव्य सिखाए। और सब लोग इतने आश्चर्यचकित होते, वे तोते इतने विशुद्ध ढंग से बोलते। उसने उन्हें छोटी-सी माला बनवा दी, तो वे निरंतर प्रार्थना करते रहते। और वह उनके लिए छोटी-सी बाइबिल भी ढूंढ़ लाया, तो वे सतत अपनी बाइबिल खुली रखते और माला जपते रहते। यद्यपि वे पढ़ नहीं सकते थे, लेकिन उन्होंने सब कुछ रट लिया था। पुरोहित पन्ना खोलता और कहता, 'बारहवां पन्ना', और वे

उसे पढ़ने लगते। ऐसा नहीं कि वे उसे पढ़ रहे थे, उन्होंने उसे रट लिया था।

पुरोहित बड़ा प्रसन्न था और उसने सोचा कि अच्छा होगा कि एक और तोता रखा जाए, जिसे पूरा प्रवचन देना सिखाया जाए बजाय इसके कि वह बाइबिल पढ़े और माला फेरे। उसे एक तोता मिल गया, और उसके मालिक ने कहा, "आपकी तमन्ना पूरी होगी। मैंने इतना बुद्धिमान तोता कभी नहीं देखा है।"

लेकिन उसे पता नहीं था कि वह एक मादा तोता थी और जैसे ही उसे उस पिंजरे में डाला गया जिसमें वे दोनों तोते माला फेर रहे थे और बाइबिल पढ़ रहे थे, उन दोनों ने उस मादा तोता की ओर देखा और उनमें से एक तोता दूसरे से बोला, "जार्ज, अब माला फेंक दो! हमारी प्रार्थनाएं सुन ली गई हैं।"

तुम्हारे पुरोहित तोतों से अधिक नहीं हैं। और उनकी प्रार्थनाएं सत्ता के लिए हैं, प्रतिष्ठा के लिए हैं, धन के लिए हैं। वे छद्मवेश धारण किए हुए राजनीतिक ही हैं। वे परमात्मा के नाम पर राजनीति चला रहे हैं—संख्या की राजनीति। अब सत्तर करोड़ कैथलिक हैं; स्वभावतः पोप विश्व में सर्वाधिक शक्तिशाली धार्मिक व्यक्ति है।

हर धर्म विभिन्न उपायों से अपनी जनसंख्या बढ़ाने की कोशिश करता रहा है। मुसलमानों को चार शादियां करने की इजाजत है ताकि वे हर साल चार बच्चे पैदा कर सकें। और वे सफल हुए हैं। ईसाइयत के बाद दूसरा बड़ा धर्म उनका ही है।

संगठित धर्म एक सारहीन, अर्थहीन शब्द है; उसके भीतर छिपी संख्या की राजनीति है। और तुम भलीभांति जानते हो कि जैसे ही चुनाव करीब आते हैं, तुम्हारे राजनीतिक शंकराचार्य के पास जाने लगते हैं। पांच वर्ष तक शंकराचार्य से मिलने कोई नहीं जाता, लेकिन जब चुनाव पास आते हैं तो प्रधानमंत्री शंकराचार्य के दर्शन करने जाते हैं, हिमालय की उत्तुंग और गहन गिरिकंदराओं में स्थित मंदिरों में वे तीर्थयात्रा करने जाते हैं। किसलिए? अकस्मात एक प्रबल धार्मिक उत्प्रेरणा उठ खड़ी हुई है, जो चुनाव खत्म होते ही विलीन हो जाती है।

इन लोगों को मतों की जरूरत है। इन्हें धर्मगुरुओं को सम्मान देना होता है। और किसी भी शंकराचार्य को अतिशय अच्छा लगता है कि प्रधानमंत्री उनके चरण छू रहा है। और शंकराचार्य के अनुयायियों, हिंदुओं को लगता

है कि हमारे प्रधानमंत्री बड़े धार्मिक व्यक्ति हैं।

जब पोप भारत आते हैं, राष्ट्रपति और प्रधानमंत्री भी अपने पूरे मंत्रिमंडल सहित हवाई—अड्डे पर उनका स्वागत करने कतारबद्ध खड़े होते हैं। किसलिए? अब भारत में ईसाइयत तीसरा बड़ा धर्म है और पोप को सम्मान देने का मतलब है कि ईसाइयों के सारे वोट तुम्हारे होंगे।

संगठित धर्म—चाहे वह ईसाइयत हो, अथवा हिंदू धर्म हो अथवा इस्लाम हो—सत्य के खोजी नहीं रहे हैं। दो हजार वर्षों में संगठित ईसाइयत ने ईसा मसीह के वक्तव्यों में कौन-सा सत्य जोड़ा है? तो इस संगठन की जरूरत क्या है? वह संसार में धार्मिकता नहीं बढ़ा रहा है, वह सिर्फ वही दोहरा रहा है जो ईसा ने कहा है—जो किसी के लिए भी किताबों में उपलब्ध है। पच्चीस शताब्दियों में कितने बौद्धों ने सत्य की खोज की है अथवा कितनों को सत्य मिला है? बस तोतों की एक लम्बी कतार जो गौतम बुद्ध की उपलब्धियों को दोहरा रही है।

और तुम्हें इसका स्मरण दिला दूं कि गौतम बुद्ध किसी संगठित धर्म के अंग नहीं थे; न महावीर किसी संगठित धर्म के अंग थे; और न ईसा किसी संगठित धर्म के अंग थे। वे सब वैयक्तिक खोजी थे। सत्य सदा पृथक व्यक्ति द्वारा खोजा गया है। वह व्यक्ति का और उसकी गरिमा का विशेषाधिकार है।

संगठित धर्मों ने युद्ध निर्मित किए हैं—ठीक वैसे ही जैसे राजनीतिकों ने किए हैं। उनके नाम अलग हो सकते हैं—राजनीतिक समाजवाद के लिए, साम्यवाद के लिए, फासिज्म के लिए, नाजीवाद के लिए लड़ते हैं और संगठित धर्म ईश्वर के लिए, प्रेम के लिए और सत्य की उनकी अवधारणा के लिए लड़ते हैं। और ईसाई और मुसलमानों के बीच ईसाई और यहूदियों के बीच, हिंदू और मुसलमानों के बीच, हिंदुओं और बौद्धों के बीच हुए संघर्षों में लाखों-लाखों लोग मारे गए हैं। धर्म का युद्ध से कोई लेना-देना नहीं, वह तो शांति की खोज है। लेकिन संगठित धर्मों का रस शांति में नहीं है, उनका रस अधिक-से-अधिक शक्तिशाली होने में और प्रभुत्व जमाने में है।

मैं राजनीतिकों की निंदा उसी तरह करता हूं जैसे संगठित धर्मों की, क्योंकि वे राजनीति के अतिरिक्त और कुछ भी नहीं हैं। तो मैंने जब तुमसे कहा कि धार्मिक लोग सम्मानित किए जाने चाहिए, समादृत किए जाने चाहिए, राजनीतिकों को उनके पास सलाह लेने जाना चाहिए, तो मैं केवल धार्मिक व्यक्तियों के सम्बंध में कह रहा था। और एक धार्मिक व्यक्ति न

तो हिंदू है, न ईसाई, न मुसलमान। कैसे हो सकता है? स्वयं परमात्मा न हिंदू है, न मुसलमान, न ईसाई। और जिस व्यक्ति की दिव्य के साथ कुछ जान-पहचान हो जाती है, वह उसके दिव्यत्व के रंग में रंग जाता है, भगवत्ता से महक उठता है।

प्राचीन पूरब में ये धार्मिक लोग हमारे श्रेष्ठतम फूल थे और राजा-महाराजा भी उनके चरण छूने और उनसे आशीर्वादित होने जाया करते थे; जिन समस्याओं को सुलझाने में वे असमर्थ होते उन पर उनकी सलाह लेने।

यदि हम चाहते हैं कि यह संसार जीवित रहे, तो हमें उस प्राचीन शैशवकाल को वापिस लाना होगा, जब धार्मिक व्यक्ति को अपना कोई स्वार्थ नहीं होता था। यही कारण था कि उसकी आंखें स्वच्छ थीं, उसका हृदय विशुद्ध प्रेम था, उसके प्राण बस एक आशीष थे। जो कोई भी उनके पास आता, स्वस्थ हो जाता, उसकी समस्याएं हल हो जातीं, पुरानी और सड़ी-गली समस्याओं में उसे नवीन अंतर्दृष्टियां प्राप्त होतीं।

संसार से संगठित धर्म विदा होने चाहिए। धार्मिक होने का यह मुखौटा उन्हें छोड़ देना चाहिए। वे सिर्फ राजनीतिक हैं—भेड़ों की खाल ओढ़े हुए भेड़िए। उन्हें अपने असली रंग में प्रकट होना चाहिए, राजनीतिक होना चाहिए—उसमें कोई हर्ज नहीं है। और पूरे वक्त वे राजनीतिक ही हैं, लेकिन वे धर्म के नाम पर यह खेल चला रहे हैं।

संगठित धर्मों का कोई भविष्य नहीं है। उन्हें अपना छद्मवेश छोड़ देना चाहिए, और वास्तव में खुलकर राजनीतिक के रूप में सामने आना चाहिए, और राजनैतिक जगत् का हिस्सा होना चाहिए, ताकि हम प्रामाणिक धार्मिक व्यक्तियों को खोज सकें—जो कि बहुत विरले होंगे। लेकिन केवल कुछ वास्तविक धार्मिक व्यक्ति पूरे संसार को प्रकाश की ओर, अमृत जीवन की ओर, परम सत्य की ओर ले चल सकते हैं।

दि हिडन स्प्लेंडर-16 मार्च 1987, प्रातः
(प्रथम प्रश्न)

मैं पोप के खिलाफ नहीं हूं

भगवान्,
आप पोप के इतने खिलाफ हैं—
क्या इसलिए क्योंकि रोमन केथॅलिक धर्म सर्वाधिक संगठित धर्म है ?

मैं किसी के खिलाफ नहीं हूं—लेकिन निश्चित ही मैं सत्य के पक्ष में हूं। कुछ भी जो सत्य के विपरीत जाता है, उसकी आलोचना करने के लिए मैं कृतसंकल्प हूं, जहां तक मेरा सम्बंध है, वह मेरा पवित्र कर्तव्य है। रोमन केथॅलिक धर्म का सर्वाधिक संगठित धर्म होना केवल एक कारण है कि मैं पोप की इतनी आलोचना करता हूं। और भी कई बातें हैं।

मैं तुम्हें मेरी आलोचना के सभी निहितार्थ देना चाहूंगा।

पहली बात, रोमन केथॅलिक, खासकर, और सामान्यरूप से ईसाइयत धर्म ही नहीं है। उसे संगठित धर्म कहना गलत भाषा का उपयोग करना है। वह संगठित अंधविश्वास है।

ईसा के बाद इन बीस शताब्दियों में ईसाइयत सब तरह के अंधविश्वासों का समर्थन करती रही है, और विज्ञान के खिलाफ, सत्य के किसी भी आविष्कार के खिलाफ लड़ती रही है। और लोग जो विज्ञान और अंधविश्वास के बीच चल रहे इस युद्ध का नेतृत्व करते रहे हैं, वे हैं पोप।

प्रथमतः, इन बीस शताब्दियों के पोप एक बात की घोषणा करते रहे हैं : कि वे भ्रमातीत हैं—जो कि बिलकुल बेतुकी बात है। लेकिन उनके तर्क हैं : वे ईसा मसीह का प्रतिनिधित्व करते हैं, और ईसा मसीह ईश्वर के

एकमात्र पुत्र हैं तो परोक्ष रूप से वे ईश्वर के वाहन हैं, उनसे भूल कैसे हो सकती है?

लेकिन जीवन तर्क नहीं है। तुम्हारा ईश्वर स्वयं एक कल्पना है। और ईसा मसीह का ईश्वर का एकमात्र पुत्र होना एक और कल्पना है। और पोप का भ्रमातीत होना—यह तो बस एकदम हास्यास्पद है।

जब गेलीलिओ ने पहली बार आविष्कार किया कि यह सूरज नहीं है। जो पृथ्वी के चक्कर लगाता है बल्कि पृथ्वी है जो सूरज के चारों ओर घूमती है...वह बहुत बूढ़ा हो गया था; पचहत्तर या अस्सी साल का, करीब-करीब मरणशय्या पर, जब उसे पोप की अदालत में घसीटा गया। और पोप ने कहा, "मरने से पहले अपना वक्तव्य बदल लो क्योंकि वह बाइबिल के खिलाफ जाता है। और कोई भी बात बाइबिल के विपरीत हो, वह स्वतः गलत है। क्योंकि बाइबिल ईश्वर का शब्द है।"

गैलीलिओ महान वैज्ञानिक था...और मेरे मन में उस आदमी के प्रति असीम सम्मान है, जिसके पास, अस्सी साल की उम्र में भी, जब वह मर रहा था, इतना सुंदर परिहास-बोध था।...उसने कहा, "उसमें कोई अड़चन नहीं है। मैं उसे बदल दूंगा; मैं अपनी किताब में ठीक वही लिख दूंगा जो ईश्वर ने बाइबिल में लिखा है—कि सूरज पृथ्वी के चक्कर लगाता है, लेकिन एक बात मैं तुम्हें साफ कर दूं : न तो सूरज मेरी किताब पढ़ता है, न पृथ्वी मेरी किताब पढ़ती है, जहां तक यथार्थ का सवाल है, पृथ्वी सूरज के चक्कर लगाती रहेगी।

"और तुम्हें इतना आग्रह क्यों? क्योंकि मेरे पास हर प्रमाण हैं, मैंने इस खोज के पीछे अपना पूरा जीवन लगा दिया है, और वे सारे लोग जिनके पास वैज्ञानिक-बुद्धि है, मुझसे पूर्ण सहमति में हैं। देर-अबेर तुम्हें भी सहमत होना पड़ेगा, क्योंकि सत्य के खिलाफ कोई ज्यादा देर तक नहीं रह सकता।"

पोप ने कहा, "हम बाइबिल के खिलाफ एक वक्तव्य की भी अनुमति नहीं दे सकते, इस सीधे से कारणवश कि यदि एक वक्तव्य झूठा हो जाता है तो ईश्वर की भ्रमातीतता विदा हो जाती है। और यदि स्वयं ईश्वर से भूल सम्भव है तो फिर ईसा मसीह के बारे में क्या? और फिर पोप के बारे में क्या? और अगर ईश्वर एक बात गलत लिख सकता है तो कौन जाने उसने कई बातें गलत लिखी होंगी। यह हमें महंगा पड़ेगा।

तीन सौ वर्षों से, सत्य के प्रत्येक वैज्ञानिक आविष्कार के साथ सारे पोप कठिन लड़ाई लड़ते रहे हैं। सत्य के खिलाफ कोई विजयी नहीं हो

सकता, लेकिन उन्होंने अपनी भरसक कोशिश की है। यह अकेला धर्म है जो विज्ञान के खिलाफ लड़ता रहा है। वह बुनियादी कारणों में से एक है कि क्यों मैं पोप की आलोचना करता हूं।

आज भी वे विज्ञान का विरोध करते जाते हैं, यह भलीभांति जानते हुए कि हर बार वे पराजित होंगे, और कि वे एक हारती हुई लड़ाई लड़ रहे हैं। और फिर भी वे अपने आपको भ्रमातीत घोषित किए चले जाते हैं।

हैरानी की बात है कि लोग इतने बेशर्म हो सकते हैं। समय हो गया है कि वे पाठ ग्रहण कर लें।

जोन ऑफ आर्क को पोप के आदेश से सूली दिया गया, जला दिया गया, क्योंकि उन्होंने घोषित किया कि वह एक डाइन है। अब किन आधारों पर, किस तर्क से, किस उद्‌घाटना से? क्योंकि पोप कहता है कि ऐसा है, उसे सही होना ही होगा। पोप का वचन कानून है; पोप को वचन सत्य है। उन्होंने एक युवा, सुंदर, साहसी, बुद्धिमान स्त्री को जला दिया जो देश की स्वतंत्रता के लिए लड़ी थी और जिसने देश की स्वतंत्रता हासिल कर ली थी। और वही ईर्ष्या का कारण था—कि कोई स्त्री इतनी विशिष्ट हो जाए कि पोप भी पीछे छूट जाए। उसे ईर्ष्या के कारण जलाया गया। उसने कोई जुर्म नहीं किया था। पूरे यूरोप को धक्का लगा था और धीरे-धीरे लोगों ने इस सूल्यारोहण के खिलाफ अपनी आवाजें उठानी शुरू कीं। लेकिन लोगों को तीन सौ साल लगे इस सम्बंध में इतनी मजबूती पकड़ने के लिए कि एक दूसरे पोप ने जोन ऑफ आर्क को एक महान संत घोषित किया।

एक पोप उसे जिंदा जलाता है क्योंकि वह एक डाइन है—उसका शैतान के साथ काम-सम्बंध है और तीन सौ साल बाद एक अन्य पोप—उसका ही अवरोहण, उसका ही उत्तराधिकारी, उसी ईसा मसीह और उसी ईश्वर को प्रतिनिधि—घोषित करता है कि वह संत थी। उसकी हड्डियां कब्र से निकाली गईं और उनकी पूजा हुई, और अब उसकी स्मृति में एक सुंदर गिरजाघर खड़ा है। अब कोई उसे सिर्फ जोन ऑफ आर्क नहीं कहता, उसका नाम है : 'संत जोन आर्क'।

पोप विश्व-भर में घूमते हुए शिक्षा देते हैं कि संतति-निरोध परमात्मा के खिलाफ है; कि बच्चा पैदा होना रोकने की कोई भी विधि ईश्वर-विरोधी है—खासकर पूरब के देशों में जहां लोग इतने गरीब हैं और वे दिन-ब-दिन गरीब से गरीबतर होते जानेवाले हैं। लेकिन पोप को रस इसमें नहीं है। कि आदमी को भरपेट भोजन मिले और वह आराम से रहे; लोग मात्र इसलिए

न मरें कि उन्हें पीने को पानी नहीं है, खाने को भोजन नहीं है।

और तुम्हें जानकर आश्चर्य होगा कि एक तरफ पोप संतति-निरोध के उपायों के खिलाफ बोलते जाते हैं और दूसरी तरफ वेटिकन में एक गुप्त कारखाना है जहां संतति-निरोधक गोलियां बनाई जाती हैं—क्योंकि धंधा अच्छा है, उससे लाखों डालर आते हैं।

तुम ऐसे लोगों को धार्मिक कहते हो?

वे पूरी दुनिया में घूमते हैं यह कहते हुए कि ईसाई पुरोहित और बिशप और कार्डिनल राजनीति से न जुड़ें—क्योंकि वे चाहते हैं कि राजनीतिक उनके पक्ष में रहें—और यह पाया गया है कि इसी आदमी ने पोलैंड को, वहां की एक राजनैतिक पार्टी को कम्यूनिस्टों से लड़ने के लिए एक सौ मिलियन डालर भेजे। क्या यह राजनीति नहीं है?

और संतति-निरोध के मामले में उनकी जो दिलचस्पी है, वह वस्तुतः जनसंख्या को बढ़ाने के लिए है। लोगों पर इसके क्या परिणाम होंगे यह समस्या नहीं है। यदि लोग गरीब हैं, भूखे हैं, तो वे आसानी से ईसाई बनाए जा सकते हैं—खासकर केथॅलिक चर्च के ईसाई। उनके विद्यालय, उनके अस्पताल, उनके अनाथाश्रम लोगों को केथॅलिक बनाने के कारखानों के अतिरिक्त और कुछ भी नहीं है।

अब यह एक सुविदित तथ्य है कि इस सदी के अंत तक संसार की लगभग आधी आबादी भूखे रहने के कारण मर जाएगी। तुम उस परिस्थिति की कल्पना भी नहीं कर सकते जब हर दो व्यक्तियों में से एक मर रहा होगा। चारों तरफ लाशें ही लाशें होंगी और उन्हें दफन करने, मरघट तक ले जाने या उनकी अंत्येष्टि करने तक के लिए भी कोई नहीं होगा। सच तो यह है कि उन लाशों के बीच जीने के बजाय मर जाना बेहतर होगा।

पूरी दुनिया से मृत्यु की दुर्गंध उठ रही होगी।

लगता है मनुष्यता को बचाने में पोपों की कोई उत्सुकता नहीं है।

उनका बुनियादी रस है कि कैसे ज्यादा-से-ज्यादा लोग उनके धर्म में लाए जाएं। क्योंकि वही उनकी ताकत होगी। यह शुद्ध राजनीति है।

पूरा ईसाई धर्मविज्ञान इतनी मूढ़तापूर्ण धारणाओं पर आधारित है कि उसे धर्म कहना केवल बेवकूफी है। ईसा कुंआरी माता से जन्मे हैं। पूरा चिकित्सा-विज्ञान उसके विपरीत है, यह सम्भव नहीं हो सकता, लेकिन यह उनके मूलतत्त्वों में से एक है। तुम उसे हटाते हो तो ईसाइयत का सारा भवन धराशायी हो जाता है।

उन्होंने संसार को चेतना के उन्नयन की कोई विधि नहीं दी है। उन्होंने जाग्रत लोगों और संबुद्धों को पैदा नहीं किया है। लेकिन उन्होंने अकेले अपने केथॅलिक पंथ में सत्तर करोड़ लोगों को फंसा लिया है। ये लोग बेतुके विश्वासों से भरे हुए हैं—और आंखें होते हुए भी वे देखते नहीं हैं, कान होते हुए भी वे सुनते नहीं हैं। और यदि तुम कुछ कहो, तत्क्षण वे तुम्हें सूली पर चढ़ाने को तैयार हैं। वे ईसा के सूल्यारोहण के खिलाफ हैं, लेकिन वे प्रतिपल तुम्हें सूली देने को तत्पर हैं यदि तुम सत्य का उद्घोष करो।

मैंने अपने एक प्रवचन में कहा कि पवित्र बाइबिल सारे संसार में सर्वाधिक अपवित्र किताब है, क्योंकि उसमें अश्लीलता से भरे हुए ठोस पांच सौ पृष्ठ हैं। इसे सुनते ही अमरीका में मेरे एक मित्र ने उन पांच सौ पृष्ठों को सचमुच इकट्ठा किया और एक किताब प्रकाशित की : 'एक्सरेटेड होली बाइबिल'। और अब मुझे कानपुर से एक सम्मन मिला है—दस ईसाई संगठनों ने मेरे खिलाफ मुकदमा दायर किया है, कि मैंने उनकी धार्मिक भावनाओं को चोट पहुंचाई है।

मुझे यकीन नहीं आता कि लोग इतने अंधे हैं। यदि तुम्हारी धार्मिक भावना को कोई चोट पहुंचा रहा है तो वह बाइबिल है—उससे मेरा कोई सम्बंध नहीं है। तुम्हें सरकार को कहना चाहिए कि बाइबिल पर रोक लगनी चाहिए, अथवा उस पर अश्लील साहित्य का लेबिल लगाकर उसे उसी सूची में शामिल किया जाना चाहिए।

मैं अपनी ओर से कुछ नहीं कह रहा हूं। वे पांच सौ पृष्ठ बाइबिल में ही हैं। और उन दस संगठनों ने कम-से-कम अपनी बाइबिलों में खोजा होता यह देखने के लिए कि मैं किस बाबत बात कर रहा हूं। अन्यथा अदालत में वे बिलकुल मूर्ख दिखेंगे।

अब वे हर देश में आंदोलन चला रहे हैं कि समलैंगिकता को जघन्य अपराध माना जाए। और संसार में हर कोई जानता है कि पोप पाल-छठवें समलैंगिक थे। पोप बनने से पहले से मिलॅन में कार्डिनल थे—और वह शहर का सर्वचर्चित विषय था। पूरा मिलॅन आश्चर्यचकित था कि उन्हें हमेशा अपने बॉयफ्रेंड के साथ देखा जाता था—एक युवा, खूबसूरत आदमी। यह भलीभांति जानते हुए...फिर भी वे पोप बने। और जैसे ही वे पोप बने, उनका बॉयफ्रेंड वेटिकन बुलाया गया और वह उनका सचिव बना। सामान्यतः सचिव प्रेमिका बन जाती है; यहां बात थोड़ी-सी भिन्न थी...लेकिन वही कहानी।

और वेटिकन द्वारा इसका कभी इनकार नहीं किया गया। वे इनकार कर

ही नहीं सके; मामला इतना तथ्यगत था। लेकिन यदि तुम इसे कहते हो तो तुम पोप के खिलाफ हो।

मैं पोप के खिलाफ नहीं हूं, मैं केवल सत्य के पक्ष में हूं।

लेकिन शायद इस तरह की बात की शुरुआत मेरी के कुंआरेपन और ईसा के जन्म से होती है।

मैंने सुना है...यह भविष्य की कहानी है, क्योंकि यह पोलक पोप मरने में बड़ा धीमा है। पोप सामान्यत: औसतन एक या ज्यादा-से-ज्यादा दो सालों में मर गए हैं। क्योंकि जब तक वे पोप बनते हैं, उनकी उम्र पचहत्तर या अस्सी के आसपास होती है। और लोग इस आशा में रहे होंगे कि यह पोप भी मर जाएगा—लेकिन उन्हें पोलकों का पता नहीं है। वह मरने की बात सर्वथा भूल ही गया है; और वह अपने पोप के पद का इस कदर मजा ले रहा है—किसी और पोप ने कभी ऐसी बातें नहीं की थीं।

वह सतत विश्व-भ्रमण कर रहा है और वेटिकन कर्ज में डूबता जा रहा है। यात्रा में उसने नब्बे लाख डॉलर फूंक डाले। पिछली बार जब वह आस्ट्रेलिया गया—उसके सिर्फ दो दिन पहले ब्रिटेन की रानी भी आस्ट्रेलिया गई हुई थी—ब्रिटेन की रानी से ज्यादा पैसा पोप की यात्रा पर खर्च किया गया। और ये ही वे लोग हैं जो कहते हैं—'धन्यभागी हैं गरीब'।

लेकिन आखिर पोलक पोप मरा और बड़े आडम्बर और धूमधाम के साथ स्वर्ग गया। मोतिया-द्वार पर सेंट पीटर ने उसे रोका और कहा, "ऐ, तुम ऐसे अंदर नहीं जा सकते! कौन हो तुम?"

पोप ने जवाब दिया, "मैं पृथ्वी पर आपका ही प्रतिनिधि हूं। मैं पोप हूं।"

सेंट पीटर बोला, "पोप? मेरा प्रतिनिधि? मैंने कभी तुम्हारे बारे में सुना नहीं।"

पोप ने असमंजस में पड़कर कहा, "आह, तुम सिर्फ ईश्वर से कह दो कि मैं यहां हूं। मुझे अंदर प्रवेश देने के लिए वह तुमसे कहेगा।"

सेंट पीटर चिल्लाया, "बॉस, एक आदमी आया है, वह कहता है कि वह पोप है। क्या आप उसे जानते हैं?"

ईश्वर बोला, "कभी उसका नाम नहीं सुना।"

पोप ने कहा, "आश्चर्य, लेकिन ईसा से पूछो, वे मुझे जानते हैं।"

सेंट पीटर ने पुकारा, "हे बेटे! एक आदमी आया है, वह बोल रहा है कि वह पोप है। तुम उसे जानते हो?"

जीसस ने कहा, "नहीं।"

सेंट पीटर बोला, "क्षमा करना, मैं तुम्हें अंदर नहीं छोड़ सकता। यहां कोई तुम्हें जानता नहीं।"

पोप ने कहा, "तुम मुझे इस तरह लौटा नहीं सकते। मैं स्वयं पोप हूं। जरा पवित्र शैतान को पूछो, वह निश्चित ही मुझे जानता है।

सेंट पीटर फिर से चिल्लाया, "हे भूत! यहां एक आदमी दावा कर रहा है कि तुम उसे जानते हो। कहता है वह पोप है।"

और पवित्र शैतान चीखा, ''पोप, निश्चित मैं उसे जानता हूं। यही वह आदमी है जिसने मेरे और मेरी के सम्बंध में गंदी अफवाहें फैलाईं। उसे यहां से लात मारकर भगा दो।"

पूरा धर्म गंदे मजाक पर आधारित है।

पोप पाल-छठवें, जो समलैंगिक थे, उनके बाद पोप जान पाल-प्रथम आए। वे बुद्धिमान और उदारमना आदमी थे; जिन्होंने उन कार्डिनलों और बिशपों की जांच करने का आदेश जारी किया जो मेसोनिक लाजों के सदस्य थे, जो केथॅलिक चर्च द्वारा विधि-बहिष्कृत कर दिया गया था।

ये मेसोनिक लाज संसार के सर्वाधिक धनी लोगों को ही अपना सदस्य बनाते हैं। ये गुप्त समूह हैं जो गुप्त क्रियाकांड करते हैं। ईसाइयत द्वारा वे विधि-बाह्य थे—किसी ईसाई पुरोहित, बिशप, कार्डिनल या किसी पदाधिकारी को किसी मेसोनिक लाज का सदस्य नहीं होना चाहिए। क्योंकि उनके गुप्त क्रियाकांड सब तरह की काम-रंगरलियों और सभी प्रकार के घृणित कृत्यों वाले थे। जो कार्डिनल और बिशप इन मेसोनिक लाजों के सदस्य थे, जान पाल-प्रथम ने उनकी जांच का आदेश दिया।

तुम इस पाखंड को देखते हो? ये वे ही लोग हैं जिन्होंने कानून बनाया कि कोई ईसाई पुरोहित मेसोनिक लाज का सदस्य नहीं बन सकता, लेकिन ठीक वेटिकन में ही पाया गया कि कई कार्डिनल, बिशप और आर्चबिशप मेसोनिक लाजों के सदस्य थे। और क्योंकि जान पाल-प्रथम ने उन्हें अपदस्थ करने का आदेश दिया, समूचा केथॅलिक पदानुक्रम और अधिकारी-तंत्र इस बुद्धिमान आदमी के खिलाफ हो गया। ईसाइयत के समूचे इतिहास में, शायद वे एकमात्र पोप थे जिनमें कुछ बुद्धिमत्ता थी, कुछ मानवीयता थी, कुछ समझ थी।

साथ ही साथ उन्होंने वेटिकन बैंक की जांच करवाने का भी आदेश दिया, जिससे यह प्रकट हो जाता है कि बैंक प्रतिवर्ष सैकड़ों मिलियन डॉलर

का हीरोइन धन सफेद करता है।

ये तुम्हारी धार्मिक संस्थाएं हैं। वेटिकन बैंक स्वयं, जो पोप की मातहती में है, बड़े-से-बड़े माफिया संगठन के अतिरिक्त और कुछ नहीं है। सैकड़ों मिलियन डॉलर का हीरोइन धन...वे नशीली दवाओं के खिलाफ बोले और उपदेश दिए चले जाते हैं, जबकि पर्दे के पीछे वे खुद नशीली दवाओं का व्यापार कर रहे हैं।

उन्होंने एक सभा करने का आदेश भी दिया यह घोषित करने के लिए कि चर्च संतति-निरोध का समर्थन करता है। वह वास्तव में समझ का व्यक्ति था। वह 'पिल' को 'केथॅलिक पिल' कहना चाहता था। लेकिन इससे पहले कि इन आदेशों में से कोई भी कार्यान्वित होते, वे संदिग्ध हालातों में मृत पाए गए।

उनकी हत्या की गई थी। वेटिकन के अधिकारियों ने मृत्यु का कारण दिल का दौरा बताया; लेकिन यह सर्वथा गलत है क्योंकि उनके अपने निजी चिकित्सक ने बताया कि उनका हृदय नितांत भला-चंगा था—उन्हें कभी भी कोई दिल की बीमारी थी ही नहीं। और सबसे महत्त्वपूर्ण बात यह थी कि उनके निजी चिकित्सक को नहीं बुलाया गया था। उसके बदले वेटिकन के अधिकारियों ने फौरन संलेपन करने का आदेश दिया और उनके निजी चिकित्सक को शरीर की जांच करने से इनकार कर दिया। उन्होंने पोस्ट-मर्टम से भी इनकार कर दिया। मृत्यु-प्रमाणपत्र भी नहीं निकाला गया; अभी तक भी अधिकृत रूप से वे जीवित हैं क्योंकि उनके लिए मृत्यु-प्रमाणपत्र नहीं निकाला गया था।

और उनके द्वारा संलेपन किए जाने के बाद, शव-परीक्षा की गई। लेकिन एक बार तुमने शव को संलेपन कर दिया—एक बार तुमने शरीर से पूरा खून निकाल लिया और उसकी जगह रसायन भर दिए तो इसका पता लगाना बहुत मुश्किल होता है कि उसे जहर दिया गया था या क्या हुआ था। लेकिन पूरी स्थिति बिलकुल साफ है : अंतस्थ लोगों के अनुसार, जब उनका शरीर मिला तो जो कागज वे हाथों में जोर से पकड़े हुए थे उन पर उन्होंने अपनी वसीयत लिखी थी।

मध्यरात्रि में जब उनकी समझ में आया होगा कि उन्हें जहर दिया गया है, यह महसूस होने पर कि उनकी मृत्यु आ रही है, उन्होंने अपनी वसीयत लिखने की कोशिश की होगी; अथवा लिखने की कोशिश की होगी जो उनके साथ किया गया था, जो उन्हें हुआ था। लेकिन वे सारे कागज़ात रहस्यमय

ढंग से अदृश्य हो गए, उनकी दवा की शीशी और वसीयत सहित।

ऐसा सोचा गया है कि उनकी दवा की शीशी में जहर मिलाया गया था, और वे उस जहर को पी गए यह समझकर कि वह दवा थी। एक बार जब जहर का असर होने लगा, तो उन्होंने अपनी वसीयत लिखने की कोशिश की होगी और उन्होंने यह लिखने की कोशिश की कि लगता है उन्हें जहर दिया गया है और वे मर रहे हैं। सबसे पहले जिन लोगों ने उनको पाया उन्होंने वह वसीयत देखी जिसे वे अपने हाथों में कसकर पकड़े हुए थे।

और सर्वाधिक आश्चर्यजनक बात यह है : उनका शरीर उस हालत में मिलने के पहले, शरीर का संलेपन करने के आदेश दिए जा चुके थे, क्योंकि जो लोग इस साजिश में शामिल थे उन्हें पता था कि सुबह संलेपकों की जरूरत पड़ेगी; तो सारी व्यवस्था पहले ही से कर ली गई थी।

यह आकस्मिक मृत्यु नहीं थी। उनके उत्तराधिकारी हुए पोप जॉन पाल-द्वितीय, यह पोलक जिसने संतति-निरोध के सारे तरीकों को प्रतिबंधित कर दिया—एक लय की विधि को छोड़कर—हालांकि वेटिकन असलियत में एक कम्पनी का मालिक था जो संतति-निरोधक पिल्स बनाती थी। फ्रीमेसंस की सदस्यता पर रोक लगाने वाला चर्च का कानून भी उन्होंने रद्द कर दिया। और उन्होंने वेटिकन बैंक के प्रधान मार्सिंकस की पदोन्नति कर उन्हें आर्चबिशप बना दिया, और उन्हें अपनी व्यक्तिगत टोली में सम्मिलित कर लिया। यही वह आदमी था जो बैंक के जरिए माफिया की समस्त हीरोइन धनराशि को चला रहा था।

1982 में, एक इतालवी बैंक का दिवाला निकलने पर आर्चबिशप मार्सिंकस एक विशाल आर्थिक कलंक में फंसे! उनका एक व्यावसायिक मित्र लंदन के एक पुल के नीचे फांसी के फंदे में झूलता हुआ पाया गया। और एक अन्य सहयोगी, जो पुलिस कमिश्नर की हत्या करने के आरोप में कारागृह में बंद था, साइनाइड मिली काफी पीने से मृत पाया गया। ये वे लोग थे जो आर्चबिशप मार्सिंकस के खिलाफ गवाह हो सकते थे; इन दो लोगों को सारे राज़ पता थे—और दोनों मार दिए गए।

आर्चबिशप की गिरफ्तारी का वारंट जारी किया गया था, लेकिन वेटिकन एक पृथक सरकार है—सिर्फ आठ वर्गमील—और इतालवी सरकार को वेटिकन में हस्तक्षेप करने का कोई अधिकार नहीं है। और पोप उस आदमी को वेटिकन के भीतर छुपाए बैठा था; गिरफ्तारी का वारंट बाहर प्रतीक्षा कर रहा था। ये तुम्हारे धार्मिक नेता हैं।

पोलक पोप ने विश्व-भर के पादरियों को उनके राजनीति में भाग लेने के लिए जोरदार डांट लगाई, लेकिन उन्होंने खुद वेटिकन के एक सौ मिलियन डालर पोलैंड के सालिडेरिटी ग्रुप को भेजने का आदेश दिया, जो कम्युनिस्ट सरकार से संघर्ष कर रहा था।

मैं संगठित धर्म के खिलाफ हूं क्योंकि जैसे ही कोई चीज संगठित हो जाती है, उसके अपने निहित स्वार्थ हो जाते हैं। फिर धर्म विस्मृत हो जाता है—अन्य बातें अधिक महत्त्वपूर्ण हो जाती हैं। सत्य और सत्य की खोज तुम्हारी समग्र संलग्नता मांगते हैं; उसके बीच में और कुछ भी नहीं आना चाहिए।

संगठित धर्म एक कारागृह बन जाता है। वह तुम्हें बने-बनाए सिद्धांत देता है, और तुम्हारा एकमात्र काम है उनमें विश्वास करना—चाहे वे युक्तियुक्त, तर्कपूर्ण हों अथवा न हों। तुम्हें अपने-आप प्रयोग करने की अनुमति नहीं है, क्योंकि कौन जाने? तुम कोई ऐसी बात खोज लो जो अधिकृत सिद्धांत के विपरीत जाती हो।

लेकिन अधिकृत सिद्धांत तुम्हारा बुद्धत्व नहीं बन सकता। अधिकृत सिद्धांत तुम्हें विद्वान बना सकता है, पंडित बना सकता है, लेकिन वह तुम्हें ज्ञानी नहीं बना सकता; वह तुम्हें अंतर्दर्शी नहीं बना सकता; वह तुम्हें परमात्मा का बोध नहीं करा सकता।

मैं पोप की आलोचना कर रहा हूं क्योंकि वे न केवल एक संगठित धर्म के प्रमुख हैं, बल्कि एक सरकार के अधिपति भी हैं। सरकार कोई खास नहीं है, आठ वर्ग मील, लेकिन फिर भी, वे एक देश के प्रमुख की तरह स्वीकृत हैं। यू.एन.ओ. में उनके प्रतिनिधि हैं; विभिन्न देशों में उनके राजदूत हैं।

धर्म कुछ इतनी ऊंची बात है, और राजनीति इतनी घटिया बात है कि एक बात का सदा स्मरण रखना है : जब भी किसी निकृष्ट और किसी श्रेष्ठ का मिश्रण होता है तो हमेशा श्रेष्ठ ही प्रदूषित होता है—निकृष्ट नहीं। हमेशा श्रेष्ठ ही अपनी श्रेष्ठता की गुणवत्ता खोता है। निकृष्ट के पास कुछ खोने को है ही नहीं; वह और नीचे गिर नहीं सकता—वह अपनी अतल खाई में गिरा ही हुआ है।

धर्म और राजनीति को अलग होना चाहिए। और जैसे ही धर्म संगठित होता है, वह राजनीति बन जाता है। अतः धर्म को संगठित कतई नहीं होना चाहिए; वह प्रत्येक की निजी, व्यक्तिगत, आंतरिक खोज है।

कम-से-कम जीवन का कोई क्षेत्र तो व्यक्ति के लिए उपलब्ध होना चाहिए—जहां वह पूर्णत: स्वतंत्र हो; जहां दूसरे उसके लिए निर्णय न लें, जहां वह चील की तरह अपने पंख पसारे और सूर्य के पार उड़ान भर सके—न कोई जंजीरें, न कोई बंधन, न बाधाएं।

धर्म सिर्फ उस हृदय में लिखता है जो सभी सिद्धांतों, सभी विश्वासों, सभी चर्चों और सभी मस्जिदों से सर्वथा मुक्त है।

मैं चाहता हूं कि सारा जगत् धार्मिक हो लेकिन ईसाई नहीं, केथॅलिक नहीं, हिंदू नहीं, मुसलमान नहीं—सिर्फ धार्मिक होना पर्याप्त है।

क्या तुम इन सीधे से तथ्यों को नहीं देख सकते? ईमानदारी ईमानदारी है, वह न ईसाई है, ने हिंदू है। सत्य सिर्फ सत्य है, वह मुसलमान नहीं हो सकता है, वह ईसाई नहीं हो सकता है। प्रेम सिर्फ प्रेम है, वह पूर्वीय नहीं हो सकता, वह पश्चिमी नहीं हो सकता। करुणा करुणा है, वह किसी जाति की नहीं है, किसी देश की नहीं है, किसी जलवायु की नहीं है; वह किसी भूगोल अथवा इतिहास पर निर्भर नहीं करती। ये धार्मिक चेतना के संघटक हैं।

ध्यान इतना वैज्ञानिक है कि जिस तरह तुम भौतिकी को स्वीकृत करते हो बिना यह फिक्र किए कि वह हिंदू है या मुसलमान; तुम रसायनिकी को स्वीकृत करते हो कभी यह सोचे बिना कि वह प्रोटेस्टेंट है अथवा केथॅलिक...तुम जब डॉक्टर के पास जाते हो तो इस बात की फिक्र नहीं करते कि औषधि हिंदू है या बौद्ध।

आंतरिक सत्य एक विशुद्ध मौन है। वहां हजारों फूल खिलते हैं। लेकिन वे किसी संगठन के नहीं होते। वे तुम्हारी अपनी खोज, अपनी अंतर्यात्रा के पुरस्कार हैं।

सभी संगठित धर्म बुनियादी रूप से मानवता को धर्म से वंचित कर रहे हैं क्योंकि वे तुम्हें गलत दिशा दे रहे हैं। वे तुम्हें हमेशा बाहर की ओर ले जाते हैं। उनका परमात्मा कहीं दूर आकाश में है और जब तुम आकाश की तरफ हाथ जोड़कर प्रार्थना करते हो, तुम नहीं समझते कि वहां तुम्हें सुननेवाला कोई नहीं है। दरअसल, जो प्रार्थना कर रहा है, जो तुम्हारे भीतर जीवित है, जो तुम्हारे भीतर श्वास ले रहा है, वही परमात्मा है।

तुम्हें सिर्फ उसे उद्घटित करना है। वह तुम्हारे झूठे व्यक्तित्व की पर्तों के नीचे छिपा है। उसे खोज लो, अपनी निर्दोषिता में, और जीवन एक निपट हर्षोल्लास बन जाता है; एक नि:शब्द गीत, एक नृत्य, एक उत्सव।

और तुम्हारे उत्सव के एकदम अखीर में अनुग्रह के आंसुओं के अलावा और कुछ भी नहीं है। मैं यह सोच नहीं सकता और कल्पना नहीं कर सकता कि वे अनुग्रह के आंसू किसी धर्म के होते हैं। वे अस्तित्व के प्रति अनुग्रह से छलकते व्यक्तिगत हृदय के होते हैं।

दि हिडन स्प्लेंडर—16 मार्च 1987, सायं
(प्रथम प्रश्न)

शांति और युद्ध

भगवान,
द्वितीय विश्व युद्ध की समाप्ति पर जब से संसार में अधिकृत रूप से शांति की पुनर्स्थापना हुई, तब से राजनीतिक लोग क्या करते रहे हैं?

कभी कोई शांति नहीं रही है। इतिहास में सिर्फ दो ही काल रहे हैं : एक काल जिसे हम युद्ध के नाम से जानते हैं, और एक काल जिसे हम शांति कहते हैं, जो कि लीपापोती है—असलियत में उसे दूसरे युद्ध की तैयारी कहना चाहिए। और तुम मुझसे पूछ रहे हो, "द्वितीय विश्व युद्ध की समाप्ति पर जब से अधिकृत रूप से शांति की पुनर्स्थापन हुई, तब से राजनीतिक लोग क्या करते रहे हैं?"

राजनीतिक बिलकुल वही करते रहे हैं जो वे सदा करते रहे हैं : अधिक संघर्ष, अधिक अशांति, अधिक भेदभाव, अधिक विध्वंसक हथियार निर्मित करते रहे हैं और तीसरे युद्ध की तैयारी करते रहे हैं।

एक बार अलबर्ट आइंस्टीन से पूछा गया, "आणविक-ऊर्जा के जन्मदाता-वैज्ञानिक होने के नाते आप हमें यह बताने में अवश्य सक्षम होंगे कि तीसरे विश्व युद्ध में क्या होनेवाला है?"

आइंस्टीन की आंखों में आंसू थे और उसने कहा, "मुझे तीसरे विश्व युद्ध के सम्बंध में कुछ मत पूछो। मुझे उसके बारे में कुछ पता नहीं है। लेकिन अगर तुम चौथे विश्व युद्ध के बारे में जानना चाहते हो तो मैं कुछ कह सकता हूं।"

जो पत्रकार प्रश्न पूछ रहा था वह तो बहुत आश्चर्यचकित और हैरान हुआ। यह आदमी तीसरे विश्व युद्ध के बारे में कुछ नहीं कह रहा है, और कहता है उसके बारे में उसे कुछ पता नहीं है, लेकिन वह चौथे विश्व युद्ध के बारे में कुछ कहने को तैयार है! उसने उत्तेजित होकर पूछा, "तो फिर कृपया चौथे विश्व युद्ध के सम्बंध में ही मुझे कुछ बताएं।"

आइंस्टीन बोला, "उसके सम्बंध में केवल एक बात कही जा सकती है—कि वह कभी नहीं होगा। तीसरा विश्व युद्ध अंतिम विश्व युद्ध होगा।"

इस अंतिम विश्व युद्ध के लिए राजनीतिक तब से तैयारी कर रहे हैं। जब से दूसरे विश्व युद्ध के बाद शांति अधिकृत रूप से पुनर्स्थापित की गई।

राजनीतिक और उसका खेल कुरूपतम बातें हैं जिनकी तुम कल्पना कर सकते हो। हम एक अंधेरी रात का सामना कर रहे हैं और मुझे वह पुरानी कहावत याद आती है कि रात जब सर्वाधिक अंधेरी होती है, तो सुबह अति निकट है। लेकिन मुझे यह कहने में झिझक होती है कि यह अंधेरी रात जो हमें घेरे हुए है, इसकी कोई सुबह होगी।

मैं तुम्हें यथार्थ रूप से बताऊंगा कि 1945 के बाद से क्या चलता रहा है—और लोगों को नितांत अज्ञान में रखा गया है; उन्हें पता नहीं है कि वे एक ज्वालामुखी पर बैठे हुए हैं जो किसी भी क्षण फूट सकता है। उन्हें क्षुद्र बातों में उलझाकर रखा जाता है, और वास्तविक समस्याएं छिपाकर रखी जाती हैं जैसे वे हैं ही नहीं।

1945 से लेकर अब तक 66 देशों में 105 युद्ध लडे गए—सबके सब तीसरी दुनिया में। यह सवाल पूछने का आवश्यक आकर्षण पैदा होता है, 'तीसरी दुनिया में क्यों?' अमरीका और सोवियत संघ, दोनों विनाशकारी हथियारों के निर्माण में इतने आगे बढ़ गए हैं कि दूसरे विश्वयुद्ध में प्रयोग किए गए हथियार तिथिबाह्य हो गए हैं। उनके लिए वे किसी काम के नहीं हैं। उन्हें कहीं-न-कहीं बेचना है, कोई ग्राहक चाहिए, और ग्राहक तभी मिल सकता है जब युद्ध हों।

अमरीका पाकिस्तान को हथियार दिए ही चला जाता है; फिर स्वभावतः भारत सोवियत संघ से हथियार लेता चला जाता है। और यह तीसरी दुनिया में होता रहा है। एक देश सोवियत संघ से तिथिबाह्य सामग्री खरीदता है, और फिर उसका दुश्मन अमरीका से खरीदता है। यह अच्छा धंधा है।

और वे नहीं चाहते कि ये लोग युद्ध रोकें, क्योंकि अन्यथा वे इन हथियारों को कहां बेचेंगे जिन पर उन्होंने अरबों डालर व्यय किये हैं। और

ये गरीब देश और इनके राजनीतिक उन्हें खरीदने के लिए तैयार हैं, यद्यपि उनकी जनता भूख से मर रही है। उनके बजट का पचहत्तर प्रतिशत युद्ध पर खर्च होता है।

औसत रूप से प्रत्येक युद्ध साढ़े तीन वर्ष चला है। तो कौन कहता है कि शांति पुनर्स्थापित की गई है? 105 युद्ध, 66 देशों में, प्रत्येक युद्ध की कालावधि साढ़े तीन वर्ष—और तुम इसे शांति कहते हो?

उनमें सोलह मिलियन (1 करोड़ 60 लाख) लोग मारे गए हैं। दूसरे विश्व युद्ध में भी लाखों-लाखों मौतें हुईं। दूसरे विश्व युद्ध से अब तक, जो कि शांतिकाल है, युद्धों में सोलह मिलियन लोग मारे गए हैं—और फिर भी तुम इसे शांति कहे चले जाते हो?

लेकिन राजनीतिक इतने धूर्त हैं और लोग इतने अंधे हैं कि वे चारों तरफ उस पर नजर नहीं डालेंगे जो घट रहा है। वे छोटी-छोटी बातों के लिए लड़ते रहेंगे—कौन-सा जिला किस प्रदेश में होना चाहिए?...बेलगांव यहां का एक जिला है, क्या उसे महाराष्ट्र में होना चाहिए?—क्योंकि वह जिला कर्नाटक और महाराष्ट्र की सीमा पर है। ऐसे लोग हैं जो दोनों भाषाएं बोलते हैं और वे सतत तीस सालों से एक-दूसरे को मार रहे हैं—और एक छोटी-सी बात का निर्णय नहीं हो सकता। सच तो यह है कि कोई उसका निर्णय करना नहीं चाहता; नहीं तो अड़चन क्या है? एक छोटा-जनमत-संग्रह, एक तटस्थ निरीक्षण के अंतर्गत मतदान, और लोग निर्णय कर सकते हैं कि वे कहां होना चाहते हैं। एक-दूसरे को जान से मार डालने की कोई जरूरत नहीं है। लेकिन ऐसा लगता है, राजनीतिकों का गहरा रस इसमें है कि कहीं-न-कहीं उपद्रव चलता रहे, ताकि उनकी जरूरत बनी रहे।

सोलह मिलियन लोग मारे गए लेकिन फिर भी हर विद्यालय में, हर महाविद्यालय में, हर विश्वविद्यालय में वे दोहराए जाते हैं : ''हम शांति-काल में जी रहे हैं।" वस्तुतः विश्व युद्ध करीब-करीब ज्यादा शांतिपूर्ण था...केवल छः मिलियन (साठ लाख) यहूदी ! और इस शांति ने लगभग तीन गुना अधिक लोग मारे हैं।

अधिकांश युद्ध एशिया में हुए हैं। शक्तिशाली राष्ट्रों और उनके राजनीतिकों की यह एक युद्धनीति रही है कि वे हमेशा किसी और देश की भूमि पर लड़े। सोवियत संघ और अमरीका अफगानिस्तान में लड़े ताकि अफगानिस्तान के लोग मारे जाएं। अफगानिस्तान एक कब्रिस्तान बन जाए और सोवियत संघ तथा अमरीका, दोनों अस्त्र-शस्त्रों की बिक्री से मुनाफा कमाएं। वे अपने

विशेषज्ञ भेज रहे हैं, अपने हथियार भेज रहे हैं; वे अफगानों को प्रशिक्षित कर रहे हैं, और अफगान दूसरे अफगानों को मार रहे हैं। एक पक्ष के पास अमरीका के हथियार हैं, दूसरे पक्ष के पास सोवियत संघ के हथियार हैं।

हिरोशिमा के पश्चात् परम्परागत युद्धों में नौ मिलियन (नब्बे लाख) असैनिक मारे गए हैं। पुराने समय में असैनिकों को कभी मारा नहीं जाता था। यह बिलकुल बेतुका है। यदि तुम्हारी सेनाएं लड़ रही हैं तो जो लोग सेनाओं में लड़ रहे हैं वे मारे जा सकते हैं। लेकिन अब तो लगता है कोई समझदारी ही नहीं है, कोई औचित्य ही नहीं है—नौ मिलियन लोग जो असैनिक हैं, मारे जाते हैं उनमें छोटे बच्चे होंगे, औरतें होंगी, बूढ़े होंगे—जिनको युद्ध से कोई लेना-देना नहीं था—जो अपने स्कूलों में पढ़ रहे होंगे, जो अपने कारखानों में काम कर रहे होंगे, या जो अपने रसोईघरों में खाना पका रहे होंगे।

कुछ ही दिनों पूर्व रोनाल्ड रेगन ने, किसी भी कारण बिना, लीबिया पर हमला किया। उन्होंने लीबिया के असैनिक इलाकों पर बम फेंके। उनका लक्ष्य था : कद्दाफी। और क्योंकि शहर के भीतरी इलाकों में कद्दाफी के तीन मकान हैं, उन तीनों मकानों पर बम डालने थे। और उसके मकानों पर की गई बमबारी में अन्य मकान भी जले और चपेट में आए।

और अभी-अभी जांच करनेवालों को पता चला है कि जिस समय यह बमबारी हो रही थी, पेशेवर हत्यारे लीबिया के भीतर कद्दाफी को खोज रहे थे, क्योंकि सम्भव था वह इन बमों से न मरे, वह अपने घर में न हो।

तो वे असैनिकों पर बम बरसा रहे थे और पेशेवर हत्यारे लीबिया में कद्दाफी की तलाश में घूम रहे थे। वे केवल कद्दाफी की बेटी को मार सके। और न तो कद्दाफी ने और न लीबियावासियों ने उनका कुछ बिगाड़ा है।

और यह एक संयोग है कि जिस दिन इंग्लैंड ने रोनाल्ड रेगन को लीबिया पर बमवर्षा करने के लिए इंग्लैंड को अपना अड्डा बनाने की अनुमति दी उसी दिन इंग्लैंड की संसद ने मुझे हवाई अड्डे के लाऊंज में छः घंटों के लिए ठहरने की इजाजत नहीं दी—क्योंकि मैं खतरनाक आदमी हूं! और रोनाल्ड रेगन को एक ऐसे निर्दोष देश पर बमवर्षा करने के लिए इंग्लैंड का उपयोग करने की इजाजत मिलती है, जिसने उनका कुछ भी बिगाड़ा नहीं है।

यह इतनी अंधेरी रात है जितनी मनुष्यता पर कभी नहीं घिरी होगी।

वर्तमान युद्ध-बजट सात सौ अरब डॉलर प्रतिवर्ष है। प्रतिवर्ष पंद्रह

मिलियन (एक करोड़ पचास लाख) लोग कुपोषण और बीमारी से मरते हैं—और प्रतिवर्ष सात सौ अरब डॉलर युद्ध के निमित्त खर्च होते हैं।

प्रति मिनट तीस बच्चे भोजन के और सस्ते वेक्सीन (इंजेक्शन-द्रव्य) के अभाव से मरते हैं और प्रति मिनट सार्वजनिक कोष में से विश्व के सैनिक-बजट पर तेरह लाख डॉलर खर्च किए जाते हैं।

मालूम होता है, हमें अब जीवन में कोई रस न रहा, हमने आत्मघात करने की ठान ही ली है। मनुष्य इतनी आत्मघातक मनोदशा में कभी नहीं था—कभी पूरे इतिहास में।

दो सौ पचास मिलियन (पचीस करोड़) बच्चों को अभी प्रारम्भिक शिक्षा भी नहीं मिली है। एक आणविक पनडुब्बी की कीमत तेईस विकासमान देशों के एक सौ साठ मिलियन (सोलह करोड़) शिक्षा योग्य बच्चों के एक साल के शिक्षा-बजट के बराबर है। केवल एक पनडुब्बी, और विश्व-भर में ऐसी हजारों पनडुब्बियां महासागरों में सब कहीं भ्रमण कर रही हैं—अमरीकी और रूसी दोनों की—और एक-एक पनडुब्बी में उससे छः गुना अधिक शक्ति के परमाणु अस्त्र हैं जितना द्वितीय विश्व युद्ध में प्रयोग किए गए समस्त अस्त्र-शस्त्रों की सम्मिलित शक्ति होती है। और वे इतने महंगे हैं कि उतनी कीमत में हम अपने बच्चों को भोजन, शिक्षा और पोषण दे सकते थे। लेकिन वहां हमारा रस नहीं है।

ये वे राजनीतिक हैं जो कोई दखलंदाजी नहीं चाहते, जो मनुष्यता पर आत्यंतिक नियंत्रण चाहते हैं—उनके ऊपर कोई न हो।

विश्व के जंगल प्रतिवर्ष अठारह से बीस मिलियन हेक्टेयर की दर से विदा हो रहे हैं—जो कि केलिफोर्निया से आधा क्षेत्र होगा। और केलिफोर्निया अमरीका के सबसे बड़े प्रदेशों में एक है। आने वाले बीस या तीस वर्षों में समस्त उष्ण-कटिबंधीय जंगल विदा हो चुके होंगे; और उसके निहितार्थ प्रचंड हैं, क्योंकि ये जंगल तुम्हें आक्सीजन प्रदान कर रहे हैं। यदि ये जंगल इसी रफ्तार से विदा होते रहे तो मनुष्यजाति पर्याप्त मात्रा में आक्सीजीन खोजने में असमर्थ होगी—कहां से लाएंगे?

और दूसरी तरफ, तुम जो भी कार्बन डायआक्साइड बाहर छोड़ते हो, उसे ये जंगल पी जाते हैं। अगर ये जंगल न होते...पहले से ही आकाश में कार्बन डायआक्साइड की एक मोटी पर्त जमा हो रही है, बिलकुल सीमा पर जहां वातावरण समाप्त होता है। और उस कार्बन डायआक्साइड की वजह से वातावरण का तापमान बढ़ रहा है। वह जितना कभी भी था उससे चार

डिग्री ज्यादा हो गया है।

अगर सब जंगल विदा हो गए तो तापमान इतना बढ़ जाएगा कि उससे दो बातें होंगी। पहली बात, पृथ्वी पर जीवन का बचना असम्भव हो जाएगा; दूसरी बात, उत्तरी और दक्षिणी ध्रुव, हिमालय और आल्प्स तथा अन्य पर्वतों की सारी बर्फ उस गर्मी से पिघलने लगेगी और वह समस्त सागरों की सतह को चालीस फीट ऊपर उठा देगी। वह हमारे सभी शहरों, सभी देशों को बाढ़ में ले लेगा; वह लगभग पूरी पृथ्वी को ही डुबो देगा—और यह ऐसी बाढ़ नहीं होगी जो कभी कम होने लगे।

लेकिन ये राजनीतिक यह सब करते ही चले जाते हैं। अभी कुछ महीनों पहले मैं नेपाल में था। नेपाल संसार का गरीबतम देश है। लेकिन बजाय इसके कि वह अपनी युद्ध की तैयारियां छोड़े, उसने अपने जंगल—हिमालय के शाश्वत जंगल—सोवियत संघ को बेच दिए हैं। और सोवियत संघ ने पर्वतों पर के सब जंगल काटकर उन्हें सूखा बना दिया है। और किसलिए? और अधिक अखबारी कागज के उत्पादन के लिए।

इतने सारे अखबारों की जरूरत क्या है? प्रतिदिन लगभग वही समाचार होता है और अब जबकि हमारे पास कहीं अधिक बेहतर प्रसार-माध्यम हैं, अखबार तिथिबाह्य हो गए हैं। रेडियो है, टेलीविजन है, तुम क्यों अखबारों से चिपके हो और सारे जंगलों को नष्ट किए जाते हो?...क्या इसीलिए नहीं कि सब राजनीतिक, राष्ट्रपति और प्रधानमंत्री चाहते हैं कि उनकी तस्वीरें मुखपृष्ठों पर हों, उनके भाषण जो कि निरी बकवास होते हैं, प्रकाशित हों—इस बात की कोई चिंता लिए बगैर कि कितना नुकसान वे पहुंचा रहे हैं।

इसी दौरान, विश्व-जनसंख्या में तीस से चालीस प्रतिशत तक वृद्धि होनेवाली है—पांच अरब से बढ़कर सात अरब। इस बढ़ी हुई जनसंख्या को ही संसार के लगभग आधे हिस्से में दुगुने पानी की जरूरत होगी।

भोजन अलग बात है, पानी भी मुश्किल हो जाएगा, क्योंकि आवश्यकता दुगुनी हो जाएगी और हमारे पास उतना पीने का पानी नहीं है।

इसके अलावा संयुक्त राष्ट्र संघ की रिपोर्ट कहती है कि पूरे भूमंडल पर प्रतिवर्ष बीस मिलियन (दो करोड़) हेक्टेयर कृषि योग्य और चराऊ जमीन की उत्पादकता शून्य के बराबर होती जा रही है। प्रतिवर्ष एक हजार से अधिक पौधों और प्राणियों की जातियां विलुप्त होती हैं—और इसकी दर में और भी वृद्धि होने की सम्भावना है। विकासमान देशों में प्रतिवर्ष डेढ़ से दो मिलियन (पंद्रह से बीस लाख) लोग कृमिनाशक दवाओं के जहर से तीव्र

रूप से पीड़ित होते हैं, और कृमिनाशक दवाओं से सम्बंधित मौतों की संख्या प्रतिवर्ष अनुमानत: दस हजार है।

हाल ही में भारत के योजना-आयोग के अधिकारियों ने एक रिपोर्ट प्रस्तुत की है—''भारत में हम लोग एक पर्याजैविक (इकॉलॉजिकल) संकट के कगार पर हैं, क्योंकि हमारे जलस्रोत सूख रहे हैं।" अफ्रीका में जो घट रहा है, वह भारत में कुछ ही दशकों के भीतर घटनेवाला है।

तुम्हारी आबादी बढ़ती चली जाती है, तुम्हारी जमीन अधिकाधिक बंजर होती चली जाती है, तुम्हारे जल का स्रोत न्यून-से-न्यून होता चला जाता है; और क्योंकि जंगल काट डाले गए हैं, नेपाल से होकर बंगलादेश की ओर बहने वाली नदियों में हर साल इतनी बाढ़ आती है जितनी पहले कभी नहीं देखी गई थी। हजारों लोग मर रहे हैं, हजारों गांव बस विलुप्त हो जाते हैं—क्योंकि उन घने वृक्षों के कारण नदियां धीरे बहती थीं। अब जबकि कोई वृक्ष नहीं हैं, नदियां इतने वेग और बल से बहती हैं कि महासागर इतने सारे पानी को इतनी तेजी से आत्मसात करने में सक्षम नहीं है। पानी वापिस लौटने लगता है। और वह लौटता पानी ही उन बाढ़ों को जन्म देता है जो बंगलादेश में आती हैं।

न तो भारतीय राजनीतिक और न ही नेपाली राजनीतिक यह जंगल-कटाई रोकने को तैयार हैं। मानव जीवन में किसी को रस नहीं है। कोई यह पता करने में उत्सुक नहीं है कि हमारी प्राथमिकताएं क्या हों।

भारत जैसे गरीब देश के पास इतने अधिक समाचार-पत्र, इतनी अधिक पत्रिकाएं हैं, जो नितांत अनावश्यक हैं। और अखबारी कागज कोई खेतों में नहीं उगता, आसमान से नहीं टपकता, तुम्हें वृक्षों को काटना पड़ता है—वृक्ष जिन्हें बढ़ने में डेढ़ सौ साल, दो सौ साल लगे हैं, विलुप्त हो जाते हैं।

और तुम्हें अपने अखबारों से मिलता क्या है?

राजनीतिक लोग असली अपराधी हैं—अपराधी वे नहीं जो जेलों में बंद हैं। अगर इनमें विनिमय हो जाता तो यह संसार कहीं अधिक बेहतर हो जाता—सभी राजनीतिक जेलों में और सब अपराधी राजनीतिकों की जगह। वे लोग अधिक मानवीय सिद्ध होंगे।

जब तक सम्भव हो सके राजनीतिक लोग तथ्यों को छिपाते जाते हैं, जैसे कि तथ्यों को छिपाने से तुम कुछ बदल सकते हो।

अब बहुत सारे देश यह घोषित नहीं कर रहे हैं कि उनके देश में कितने होमोसेक्सुअल (समलैंगिक) लोग हैं। परिवार के लोग यह बात जाहिर नहीं

होने दे रहे हैं कि घर में जो व्यक्ति मरा है वह एड्स से मरा है। वे डॉक्टरों को घूस दे रहे हैं प्रमाणपत्र प्राप्त करने के लिए कि वह दिल का दौरा पड़ने से मरा है, या कैंसर से मरा है—क्योंकि परिवार को अपनी प्रतिष्ठा की अधिक चिंता है, लोग क्या सोचेंगे इसकी अधिक चिंता है—''तुम्हारे परिवार में कोई एड्स से मरा है!"

लेकिन तथ्यों को छिपाने का मतलब है...उस आदमी की पत्नी थी, हो सकता है उसने वह रोग पत्नी को भी दे दिया हो; और अगर बच्चे हैं, वे वह बीमारी लेकर ही पैदा हुए हो सकते हैं—किसी को पता नहीं चलेगा और वे रोग को चारों तरफ फैलाते चले जाएंगे।

क्योंकि यह रोग कोई साधारण कामजन्य रोग नहीं है—तुम्हारे शरीर से जो कुछ भी उत्सर्जित होता है, तुम्हारे आंसू तक, उनमें वह वाइरस हो सकता है। यदि एक बच्चा रो रहा है और सिर्फ प्रेम और करुणावश तुमने उस बच्चे के आंसू पोंछ दिए, खतरा है कि तुम एड्स के शिकार हो रहे हो। लार उस वाइरस की संवाहक है। और पूरी-की-पूरी मनुष्यता अंधेरे में रखी जा रही है। चुम्बन पर अब रोक लग जानी चाहिए—पूर्णतः।

मनुष्यता का केवल एक छोटा-सा अंश है—साइबेरिया में रहनेवाले एस्किमो लोग—वे एकमात्र लोग हैं समूचे इतिहास में जिन्होंने कभी चुम्बन नहीं किया है। और जब उन्होंने पहली बार ईसाई मिशनरियों को चुम्बन लेते हुए देखा, उन्हें विश्वास नहीं हुआ : कितने गंदे हैं ये लोग! एक-दूसरे की लार में लार मिला रहे हैं! ये आदमी हैं या किसी प्रकार के राक्षस?

उनका तरीका कहीं अधिक वैज्ञानिक और स्वास्थ्यकर है। वे चुम्बन नहीं लेते, मात्र प्रेम जताने के लिए—क्योंकि वह प्रेम नहीं, मौत सिद्ध हो सकता है—वे एक-दूसरे की नाक पर नाक रगड़ते हैं। वह बहुत साफ-सुथरा मालूम होता है...बशर्ते कि तुम्हें जुकाम न हो!

अभी हाल ही यह स्वीकृत किया गया है कि इस वक्त एक करोड़ लोग एड्स से ग्रस्त हैं। और यह कोई सुनिश्चयात्मक रिपोर्ट नहीं है, क्योंकि भारत जैसे देशों में इसे जानने का कोई उपाय नहीं है—न साधन ही हैं जानने के। केवल बहुत विकसित देशों ने पता लगाया है कि एक करोड़ लोग ग्रस्त हैं।...शायद इन सब अविकसित देशों में दस करोड़ लोग ग्रस्त हों।

जैसे, अन्य किसी भी जगह की अपेक्षा अफ्रीका में एड्स अधिक व्यापक है। और यह कभी जाहिर नहीं किया गया था कि अफ्रीकी लोग समलैंगिक हैं, लेकिन उनकी विकृति एक विचित्र किस्म की है: वे स्त्रियों

से ही सम्भोग करते हैं, लेकिन सामने से नहीं।

संसार में ऐसे भी लोग हैं, छोटे-छोटे गांवों में, जो जानवरों से सम्भोग करते हैं—और उन्होंने जानवरों को एड्स दे दिया है। और अब जानवर अपने दूध के जरिए, अपने मांस के जरिए उस एड्स को फैला रहे हैं। हालात मनुष्य के नियंत्रण के बाहर हो गए हैं।

कोई डॉक्टर नहीं चाहता...उसे पता भी चले जाए कि उसके मरीज को एड्स है तो भी उसे बताना नहीं चाहता, क्योंकि तब मरीज उससे आग्रह करेगा, "मेरा इलाज करो!" कोई इलाज है नहीं। तो डॉक्टर कोशिश करता है, "तुम्हें कोई और बीमारी है" और उसे किसी अन्य विशेषज्ञ के पास भेज देता है, क्योंकि एड्स के मरीज के संस्पर्श से डॉक्टर भी खतरे में हैं, परिचारिकाएं खतरे में हैं; सारे कर्मचारी खतरे में हैं।

जेलों के बारे में मैंने जो एक रिपोर्ट देखी...जेलों के तीस प्रतिशत लोग होमोसेक्सुअल (समलैंगिक) हैं। और वह कोई सही रिपोर्ट नहीं मालूम पड़ती, यह निम्नतम आंकड़े होंगे जो जेलों के अधिकारियों ने स्वीकार किए हैं। क्योंकि लोग जो बीस साल से, तीस साल से जेलों में रह रहे हैं और जो स्त्रियों के सम्पर्क में नहीं आ सकते, वे एक-दूसरे पर समलैंगिकता थोपने ही वाले हैं।

सरलतम बात यह होती...स्त्रियों के लिए अलग जेलें हैं—उन्हें अलग क्यों होना चाहिए? कैदियों को मिश्रित रूप से रहना चाहिए, पुरुष और स्त्रियां साथ-साथ। और तब फिर एड्स और समलैंगिकता से बचा जा सकता है। लेकिन राजनीतिक उसके सम्बंध में कुछ न कहेंगे, केवल भय के कारण। उनका पूरा उद्देश्य है वही बातें कहना जो लोगों को पसंद हों, वही बातें जो उनके पूर्वग्रहों के, उनके परम्परावादी मन के विपरीत न पड़ें—क्योंकि वे लोगों के मतों पर निर्भर करते हैं।

इसलिए मैंने कहा कि राजनीतिकों को हमेशा धार्मिक लोगों की सलाह लेनी चाहिए। उनकी सलाह पर हर सम्भव ध्यान दिया जाना चाहिए। लेकिन राजीव गांधी कहते हैं कि धार्मिक लोग राजनीतिकों के साथ हस्तक्षेप न करें। राजनीतिक हस्तक्षेप कर सकते हैं धार्मिक लोगों के साथ—उसके बारे में कोई सवाल नहीं है। यह एक दुर्भाग्यपूर्ण बात है, लेकिन यह चलती चली जाती है और समय बहुत कम है।

मैं बड़ी आशा करता था। अभी भी, मैं आशा के विपरीत आशा किए। चला जाता शायद, किसी बहुत खतरनाक स्थिति में, आदमी जाग जाए।

लेकिन मेरे हृदय में एक विषाद भी प्रतीत होता है क्योंकि मैं देखता हूं कि यदि कुछ न किया गया तो यह सदी हमारा अंत बननेवाली है।

और न केवल हमारा अंत, बल्कि चेतना का सृजन करने के अस्तित्व के सारे सपनों का भी। वह केवल इसी ग्रह पर सफल हो सका है। अरबों तारे हैं और हर तारे के दर्जनों ग्रह हैं, केवल इसी छोटे से ग्रह पर यह चमत्कार घटा है कि न केवल जीवन है, चैतन्य भी है; न केवल चैतन्य है। बल्कि ऐसे लोग भी हैं जो चैतन्य के चरम शिखर पर पहुंचे हैं : कोई गौतम बुद्ध, कोई सुकरात, कोई पाइथागोरस, कोई च्वांग्त्ज़ू।

इस छोटे से ग्रह से जीवन का विदा होना समूचे अस्तित्व को इतना दरिद्र कर देगा कि इस स्थिति तक आने में करोड़ों वर्ष लगेंगे जहां चैतन्य बुद्धत्व बन सकता हो।

मेरा विषाद अपने बारे में नहीं है। मैं सर्वथा संतुष्ट हूं। मृत्यु मुझसे कुछ भी नहीं छीन सकती। मेरा विषाद समूची मानवता के बारे में है, क्योंकि उनकी मौत उनके प्रबुद्ध होने के सारे अवसर छीन लेगी; उनके आनंदपूर्ण होने के, उनके द्वारा जीवन का अर्थ और महत्ता जाने जाने के। वे अंधकार में जीए हैं। क्या वे अंधकार में ही मर भी जाएंगे!

मैं चाहूंगा कि कम-से-कम मेरे लोग अपना विकास स्थगित करने में समय न गंवाएं, क्योंकि राजनीतिक लोग एक-दूसरे को विनष्ट कर डालने के लिए—सब और सर्वस्व विनष्ट कर डालने के लिए सर्वथा तैयार हैं। उनकी सत्तालोलुपता की पराकाष्ठा आ गई है। इससे पहले कि वे सार्वभौम आत्मघात करने में सफल हों, कम-से-कम तुम्हें उस परमात्मा का पता चल जाना चाहिए जो तुम्हारे भीतर ही बसा हुआ है।

जो कोई भी तुम्हारे सान्निध्य में आए, उसे ही तुम्हें अपना आनंद, अपना मौन, अपना हास्य बांटना चाहिए। तुम अपने मित्रों को, अपने परिचितों को, अपने बच्चों को उससे बेहतर उपहार नहीं दे सकते।

समय बहुत कम है और काम बड़ा विशाल है, लेकिन अगर तुम्हारे पास साहस है तो चुनौती स्वीकार की जा सकती है। राजनीतिकों पर निर्भर मत होना, वे कुछ नहीं कर सकते, उन्हें इसका भी अहसास नहीं है कि वे मानवता को कहां लिए जा रहे हैं–किस अंधकार में।

दि हिडन स्प्लेंडर–15 मार्च 1987, सायं
(प्रथम प्रश्न)

कोई भी खबर नहीं है

प्यारे भगवान,
क्या आप कृपया रूमी की इस सुंदर कविता पर
कुछ कहना चाहेंगे, जो मुझे बहुत प्रिय है :
बाहर, ठिठुराती रेगिस्तानी रात.
गरमाहट व प्रदीप्ति में निखरती भीतर यह दूसरी रात.
परिदृश्य को कंटीली पपड़ियों से ढंकने दो.
यहां हमारे भीतर एक मृदुल बगीचा है.
उड़ाए गए महाद्वीप, शहर व छोटे नगर,
सब एक झुलसे और काले हुए गेंद बन जाते हैं.
खबर जो हम सुन रहे, शोक से भरपूर उस भविष्य के लिए.
लेकिन यहां भीतर है असली खबर
कि कोई भी खबर नहीं है.

मेवलाना जलालुद्दीन रूमी की कविता सुंदर है, सदा की भांति। उन्होंने केवल सुंदर शब्द ही कहे हैं।

वह उन अतिशय महत्त्वपूर्ण कवियों में से एक हैं जो रहस्यदर्शी भी हैं। वह एक विरल संयोग है। दुनिया में लाखों-लाखों कवि हैं और दुनिया में कुछ ही रहस्यदर्शी हैं, लेकिन ऐसा व्यक्ति खोजने में विरल है जो दोनों हो।

रूमी एक विरल पुष्पे हैं। वह उतने ही महान रहस्यदर्शी हैं जितने एक महान कवि हैं। इसलिए, उनकी कविता मात्र कविता नहीं है, मात्र शब्दों का

सुंदर गठन नहीं है, उसमें विशाल अर्थ भरे हुए हैं और वह परम सत्य की ओर इशारा करती है।

वह एक मनोरंजन नहीं है, वह आत्म-जागरण है।

वह कह रहे हैं, "बाहर, ठिठुरती रेगिस्तानी रात। गरमाहट व प्रदीप्ति में निखरती भीतर यह दूसरी रात।" बाहर तुम्हारे होने का असली स्थान नहीं है। बाहर, तुम एक विदेशी हो; भीतर, तुम घर पर हो। बाहर, यह एक ठिठुरती रेगिस्तानी रात है। भीतर, वह गर्म, प्रदीप्त व आरामदेह है।

लेकिन बहुत थोड़े से लोग इतने सौभाग्यशाली होते हैं कि वे बाहर से भीतर जाएं। वे भूल ही गए हैं कि उनके भीतर ही उनका घर है। वे उसकी खोज में लगे हैं, लेकिन वे गलत जगह पर खोज रहे हैं। वे अपने सारे जीवन उसकी खोज करते रहते हैं, लेकिन सदा बाहर। वे एक पल को भी नहीं रुकते और भीतर झांकते।

"परिदृश्य को कंटीली पपड़ियों से ढंकने दो। यहां हमारे भीतर एक मृदुल बगीचा है।" बाहर क्या होता है, उसकी चिंता मत करो। भीतर का उपवन सदैव तुम्हारे स्वागत के लिए तैयार है।

"उड़ाए गए महाद्वीप, शहर और छोटे नगर, सब एक झुलसे और काले हुए गेंद बन जाते हैं। खबर जो हम सुन रहे, शोक से भरपूर उस भविष्य के लिए।"

रूमी के ये शब्द आज अधिक सार्थक और अर्थपूर्ण हैं, बजाय तब के जब वे लिखे गए थे। उन्होंने इन्हें सात सौ वर्ष पूर्व लिखा, लेकिन आज वह केवल एक प्रतीकात्मक बात-भर नहीं है, वह सचाई बनने जा रही है। "उड़ाए गए महाद्वीप, शहर और छोटे नगर, सब एक झुलसे और काले हुए गेंद बन जाते हैं। खबर जो हम सुन रहे, शोक से भरपूर उसे भविष्य के लिए। लेकिन यहां भीतर है असली खबर कि कोई भी खबर नहीं है।" यह आखिरी वाक्य एक प्राचीन कहावत पर आधारित है जो कहती है कि कोई खबर का न होना अच्छी खबर है।

मैं एक बहुत छोटे-से गांव में पैदा हुआ था जहां पोस्टमैन सप्ताह में केवल एक बार आता था। और लोग डरे होते थे कि वह उनके नाम कोई चिट्ठी न ला रहा हो; वे खुश होते जब उन्हें पता चलता कि उनके नाम कोई चिट्ठी नहीं है। और कभी एकाध बार, किसी के लिए तार होता। इस बात की अफवाह ही कि किसी को तार आया है, सारे गांव के लिए इतना बड़ा धक्का होती कि सारे लोग वहां इकट्ठे हो जाते—और केवल एक ही

व्यक्ति इतना पढ़ा-लिखा था जो उसे पढ़ सकता था। सब लोग डरे होते: तार? इसका मतलब कोई बुरी खबर है। अन्यथा, क्यों कोई तार पर पैसे बरबाद करेगा?

मैं अपने बहुत बचपन से ही सीख गया कि कोई खबर न होना अच्छी खबर है। लोग खुश थे जब उन्हें उनके सम्बंधियों से, मित्रों से अथवा किसी से भी कोई खबर न मिलती थीं। उसको अर्थ था कि सब कुछ ठीक चल रहा था।

रूमी कह रहे हैं : खबर जो हम सुनते हैं वह भविष्य के लिए शोक से भरपूर है। लेकिन असली खबर भीतर है कि कोई खबर ही नहीं है। सब कुछ मौन है, और सब कुछ वैसा ही सुंदर, शांतिपूर्ण और आनंदपूर्ण है जैसा वह सदा था। वहां कोई बदलाहट ही नहीं है; इसलिए, कोई खबर नहीं है।

भीतर यह एक शाश्वत मस्ती है, सदा-सदा के लिए।

मैं फिर से दोहराऊंगा कि ये पंक्तियां तुम्हारे जीवनकाल में सच हो सकती हैं। इसके पहले कि वैसा हो, तुम्हें अपने भीतर पहुंच ही जाना चाहिए जहां कभी कोई खबर नहीं पैदा हुई; जहां सब कुछ शाश्वत से वैसा का वैसा है; जहां वसंत कभी आता और जाता नहीं बल्कि सदा बना रहता है; जहां फूल प्रारम्भ से ही मौजूद हैं—यदि कोई प्रारम्भ था—और एकदम अंत तक बने रहने वाले हैं—यदि कोई अंत होने वाला है। दरअसल, न कोई आदि है न कोई अंत; और बगीचा हरा-भरा और फूलों से परिपूर्ण है।

इसके पहले कि बाहर का जगत् तुम्हारे राजनीतिकों द्वारा विध्वंस किया जाए, अपने भीतरी जगत् में प्रवेश कर जाओ। वही एकमात्र सुरक्षा शेष है, एकमात्र आश्रय परमाणु अस्त्रों से बचने का, सार्वभौम आत्मघात से बचने का, इन सारे मूढ़ों से बचने का जिनके पास विध्वंस की इतनी सारी शक्ति है।

तुम कम-से-कम स्वयं को बचा सकते हो। मैं आशापूर्ण था, लेकिन जैसे-जैसे दिन बीतते गए हैं और मैं मनुष्य की मूढ़ताओं से और-और परिचित हुआ हूं...मैं अभी भी आशा रखती हूं लेकिन बस पुरानी आदतवश; सचमुच मेरे हृदय ने स्वीकार कर लिया है कि केवल कुछ लोग बचाए जा सकते हैं। सारी मनुष्यता अपने विध्वंस के लिए कृतसंकल्प है। और ये हैं लोग...यदि तुम इन्हें बताओ कि कैसे वे बचाए जा सकते हैं, वे तुम्हें सूली लगी देंगे। वे तुम्हें पत्थर फेंककर मार डालेंगे। सारे विश्व का भ्रमण करने के बाद, मैं अभी भी हंसता हूं, लेकिन उसमें एक सूक्ष्म विषाद है। मैं अभी भी तुम्हारे साथ नृत्य करता हूं लेकिन अब उसी उत्साह के साथ नहीं जो

उसमें दस वर्ष पहले था।

ऐसा लगता है कि चेतना की उच्चतर शक्तियां राजनीतिकों की निम्नतर एवं कुरूप शक्तियों के खिलाफ असहाय हैं। उच्चतर सदा नाजुक है, गुलाब के एक फूल की तरह; तुम उसे एक पत्थर से नष्ट कर सकते हो। लेकिन उसका यह अर्थ नहीं कि पत्थर गुलाब के फूल से श्रेष्ठ हो जाता है; उसका अर्थ केवल इतना ही होता है कि पत्थर जो कर रहा है उसके प्रति मूर्च्छित है। भीड़े मूर्च्छित हैं उसके प्रति जो वे कर रही हैं, और राजनीतिक लोग भीड़ के हिस्से हैं। वे उनके प्रतिनिधि हैं। और जब अंधे लोग अंधे लोगों का नेतृत्व कर रहे हों, उन्हें जगाया जाना लगभग असम्भव है। क्योंकि प्रश्न इतना ही नहीं है कि वे सोए हुए हैं, वे अंधे भी हैं।

उनकी आंखें ठीक करने के लिए पर्याप्त समय नहीं है। उन्हें जगाने के लिए पर्याप्त समय है, लेकिन उनकी आंखें ठीक करने के लिए पर्याप्त समय नहीं है। तो अब मैंने स्वयं को पूरी तरह अपने लोगों तक सीमित कर लिया है। वही मेरी दुनिया है। क्योंकि मैं जानता हूं कि लोग जो मेरे साथ हैं वे नींद में हो सकते हैं, लेकिन वे अंधे नहीं हैं। उन्हें जगाया जा सकता हैं।

दि हिडन स्प्लेंडर—15 मार्च 1987, सायं
(तीसरा प्रश्न)

भाग दो

"यहां हमारे भीतर एक मृदुल बगीचा है।"

•

जलालुद्दीन रूमी

घंटी कौन बांधेगा?

भगवान,
आपने कहा है कि बाह्य में, राजनीति में आपका कोई रस नहीं है। फिर भी आप प्रायः राजनीति और राजनीतिकों के बारे में बोलते हैं और विश्व-समस्याओं में हमें बहुत-सी अंतर्दृष्टियां प्रदान करते हैं। क्या आप कुछ कह सकते हैं?

बाहर की दुनिया और राजनीति में मेरा कोई रस नहीं है, लेकिन तुम में मेरा महान रस है। तुम एक ऐसी दुनिया में रह रहे हो जो कुरूप है, रुग्ण है और जिसका एक पांव कब्र में है। और मैं नहीं चाहता कि तुम इस बीमार दुनिया के साथ डूब जाओ।

यही कारण है कि मैं बहुत-सी बातों के विरोध में बोलता हूं।

मेरा रस तुम में है, मेरे संन्यासियों में। मैं राजनीति के खिलाफ बोलता हूं क्योंकि मैं नहीं चाहता कि मेरे संन्यासी इस बात से अनभिज्ञ रहें कि इस दुनिया में असली अपराधी कौन हैं। यही कारण है कि मैं पंडित-पुरोहितों और धर्मों के खिलाफ बोलता हूं क्योंकि मैं तुम्हारे लिए कोई छिद्र नहीं छोड़ना चाहता। तुम्हें पता होना ही चाहिए कि असली अपराधी कौन हैं। समस्या यह है कि ये अपराधी महान नेता, साधु, संत, महात्मा समझे जाते हैं, और दुनिया में हर ओर उनका महान सम्मान है, तो तुम कभी नहीं सोचोगे कि ये अपराधी हो सकते हैं। तो मुझे सतत जोर देना ही पड़ेगा, हर रोज।

तुम्हें खबर हो जानी ही चाहिए कि ये अपराधी हैं। दरअसल, अपराधियों ने जगत् को कुछ भी नुकसान नहीं किया है। कोई किसी की हत्या कर देता

है, कोई कुछ चुरा लेता है, यह सब कुछ भी नहीं है। अकेला एक अडोल्फ हिटलर लाखों-लाखों लोगों को मार डालता है। अब, उस व्यक्ति में इतना अपराध-तत्व है कि लाखों-लाखों अपराधियों की जरूरत पड़ेगी उन्हें मिलाकर एक हिटलर बनाने के लिए।

तो मुझे इन लोगों का भंडाफोड़ करना ही पड़ेगा, क्योंकि ये ही कारण हैं।

उदाहरण के लिए, यह समझना आसान है कि शायद राजनीतिक लोग बहुत-सी समस्याओं के पीछे कारण हैं : युद्ध, हत्याएं, कत्ले आम, लोगों को जिंदा जलाया जाना। लेकिन जब बात धार्मिक नेताओं पर आती है तो उसे समझना बहुत कठिन हो जाता है, क्योंकि किसी ने भी उनके खिलाफ उंगली नहीं उठाई है। वे शताब्दियों से सम्मान्य बने रहे हैं, और जैसे-जैसे समय बीतता जाता है वैसे-वैसे उनकी सम्माननीयता और-और बढ़ती जाती है। मेरे लिए सर्वाधिक कठिन काम है तुम्हें इस बात के प्रति सजग करना कि इन्हीं लोगों का—जाने अथवा अनजाने, उससे फर्क नहीं पड़ता—निर्माण है यह जगत्।

अब, सारी दुनिया में वे 'एड्स' के बारे में बातें करेंगे, लेकिन यही एकमात्र स्थान है जहां मैं कह रहा हूं कि यह एक धार्मिक बीमारी है। और कहीं यह नहीं कहा जाएगा। उलटे, पादरी कह रहे हैं कि यह परमात्मा द्वारा भेजी गई सजा है। और लोग उनका विश्वास कर लेंगे, कि यह समलैंगिकता (होमोसेक्सुअलिटी) के कारण सजा है। लेकिन कोई सवाल नहीं उठाएगा कि समलैंगिकता का जन्म कैसे हुआ, अथवा कौन उत्तरदायी है समलैंगिकता के लिए?

और लोगों के पास पर्याप्त बुद्धि नहीं है कि वे बातों का संदर्भ बिठा सकें। वे इस सीधे से तथ्य का संदर्भ नहीं बिठा सकते कि ये धर्म ही हैं जो लोगों को ब्रह्मचारी बने रहने की शिक्षा देते रहे हैं। वे काम से सम्बंधित समस्त विकृतियों के मूल कारण हैं। तो यदि किसी को सजा देनी है तो यह समलैंगिकों को नहीं, यदि किसी को सजा देनी है तो वे ये धार्मिक नेतागण हैं जिन्होंने ब्रह्मचर्य की शिक्षा दी है। समलैंगिकता तो ब्रह्मचर्य की शिक्षा की केवल सह-उपज है।

यहां आनेवाले पत्रकार चौंक उठते हैं क्योंकि उन्हें खयाल भी नहीं था कि 'एड्स' का उत्तरदायित्व मैं धर्मों पर डालूंगा। उन्हें नहीं दिखता। वे सोचते हैं कि इन दोनों में दो दुनियाओं की दूरी है। दूरी नहीं है। और जब तक

तुम्हें कारण न दिखे, तुम उस समस्या का मुकाबला नहीं कर सकते जो उठ खड़ी हुई है।

अब, पहली आवश्यकता इस बात की है कि हर सरकार ब्रह्मचर्य को गैर-कानूनी और अपराधपूर्ण कृत्य घोषित करे। उसके बजाय वे उलटा ही कर रहे हैं—समलैंगिकता को गैर-कानूनी बना रहे हैं। समलैंगिकता केवल लक्षण है, वह कारण नहीं है। यदि तुम समलैंगिकता को गैर-कानूनी बनाते हो, तो ये लोग पशुओं से सम्भोग करने लगेंगे, जो कि गैर-कानूनी नहीं है। और ऐसे लोग हैं जो पशुओं से सम्भोग करते हैं, जो कि गैर-कानूनी नहीं है। यह कोई नई बात नहीं है, यह उतनी ही पुरानी है जितना मनुष्य। यदि उन्हें स्त्री नहीं मिल सकती है, यदि उन्हें पुरुष नहीं मिल सकता है, तो बेचारा पशु तो उपलब्ध है। यदि तुम समलैंगिकता को गैर-कानूनी, अपराधपूर्ण बनाते हो, जैसा कि अब टेक्साज़ में है, तो समलैंगिक लोग किसी दूसरी विकृति में चले जाएंगे जो शायद 'एड्स' से भी बड़ी बीमारी ला खड़ी करे। कोई नहीं जानता कि उसका क्या परिणाम होगा।

लोगों को इस बात के प्रति सजग किया जाना चाहिए कि तुम प्रकृति के विपरीत नहीं जा सकते, और कोई भी जो तुम्हें प्रकृति के विपरीत जाने की शिक्षा देता है वह तुम्हारा दुश्मन है।

मेरा किन्हीं धर्मों में कोई रस नहीं है क्योंकि वह सब मात्र कचरा है; राजनीति में कोई रस नहीं क्योंकि मेरी किसी प्रकार की महत्त्वाकांक्षा नहीं है। यह तुम्हारे लिए है कि मैं उनकी आलोचना करता हूं, ताकि तुम असली कारणों के प्रति सजग हो जाओ, ताकि तुम भी उसी प्रकार सम्भ्रमित न हो जाओ जैसे कि सारी दुनिया सम्भ्रमित हो गई है।

अब समलैंगिकता को गैर-कानूनी बनाना इसको और तेजी से फैलाएगा। और जो उन्होंने टेक्साज़ में किया है वह हर कहीं किया जानेवाला है—अमरीका में और दूसरे देशों में भी—क्योंकि सरकारें इतनी मूढ़तापूर्ण हैं। वे बस लक्षणों से लड़ना शुरू कर देते हैं और कोई नहीं चिंता करता कि कारण क्या हैं।

और वास्तव में वे कारणों को देखना नहीं चाहते क्योंकि कारण ऐसे हैं जो उनकी क्षमता के बाहर हैं। यदि वे कारणों की खोज करना शुरू करें, तो शायद वे स्वयं भी कारणों के हिस्से सिद्ध होंगे। पादरीगण कारणों के हिस्से होंगे, पोप कारणों के हिस्से होंगे, ईसा मसीह शायद नींव के पत्थर होंगे।

बेहतर है उसकी खोज न की जाए। बस लक्षणों को पकड़ लो और

उनसे ही लड़ना शुरू कर दो। लक्षणों का दमन करो।

जब तुम लक्षण को एक स्थान पर दबाते हो, तो वह कहीं और उभरेगा, और वह प्रकृति से और-और दूर निकल जाना होगा। पहली विकृति प्रकृति से दूर जाना था, दूसरी विकृति अब उससे भी दूर है, और तीसरी विकृति तो और-और दूर होगी। और व्यक्ति इतने संताप में हो जाएगा क्योंकि उसे वापस लौटने का रास्ता नहीं मिल रहा। सामान्यजन के लिए लौटने में चीजें अत्यधिक जटिल हो गई हैं। तो मैं चाहता हूं कि तुम लक्षणों से कभी न लड़ने के प्रति सजग होओ।

लास एंजिल्स में 'एड्स' से प्रतिदिन एक व्यक्ति मर रहा है, और किसी के समझ में नहीं आता लगता कि किया क्या जाए। दरअसल, वहां बाहर दुनिया ऐसी है कि उनके लिए कुछ भी कर पाना अत्यंत कठिन है। और बिल्ली के गले में घंटी कौन बांधेगा? समस्या इस बात की है।

हम इसे कर सकते हैं।

इसमें कोई बड़ी कठिनाई नहीं।

तुम पुरानी कहानी जानते हो, कि बिल्ली रोज घर के चूहों को खाये जा रही थी और अंततः चूहे ने—एक गोष्ठी की कि कुछ करना ही होगा। दुनियादारी के मामलों में अनुभव-विहीन एक युवा चूहे ने कहा, "यह सरल है। बस बिल्ली के गले में एक घंटी बांध दो, तो वह जहां जाएगी हमें तत्क्षण पता चल जाएगा। इसके पहले कि वह हम तक पहुंचे, हम अपने बिलों में घुस सकते हैं। वह हमें पा ही नहीं सकेगी।" एक उत्तम हल।

लेकिन एक समस्या उठ खड़ी हुई : घंटी कौन बांधनेवाला है?

मैं इस कहानी को नए ढंग से कहता रहा हूं; और मैं कहता हूं कि इस पर उसे युवा चूहे ने-जिसने घंटी बांधे जाने की बात कही थी—कहा, "मैं इसे करूंगा। तुम चिंता मत करो।" दूसरे चूहे आश्चर्यचकित हुए। उन्होंने कहा, "लेकिन प्राचीन काल से यह कहानी चली आती है, और यहीं आकर यह समाप्त हो जाती है—सदा। कोई भी जो यह कहता हो, 'मैं इसे करूंगा', वह परम्परा के खिलाफ जा रहा है, सारे इतिहास के खिलाफ जा रहा है। बस इसी बिंदु पर पूर्ण विराम आ जाता है, कहानी खत्म हो जाती है।"

युवा चूहे ने कहा, "अब आगे से नहीं। क्योंकि मैं रोज दवाइयों की दूकान में जाता हूं; बस अगले ही दरवाजे दवाइयों की दूकान है। सारी जरूरत केवल कुछ नींद की गोलियों की है, जो मैं ला सकता हूं और बिल्ली के दूध में डाल सकता हूं। तुम मुझे घंटी दो, और सब मैं कर सकता हूं।"

और उसने कर लिया! बस कुछ नींद की गोलियां और सारी कहानी बदल जाती है। दूध पीने के बाद बिल्ली नींद में पड़ गई, खर्राटों में, और युवा चूहे ने अपना काम बखूबी कर डाला।

लेकिन यह मेरा योग है कहानी में। यह और कहीं नहीं है। और जहां तक मानवता का सम्बंध है, मैं यही करना चाहता हूं। हम बिल्ली के गले में घंटी बांध सकते हैं। हमारे पास खोने को कुछ नहीं है।

और मैं तुम्हें सब कुछ के प्रति जागरूक चाहता हूं। इसके पहले कि मैं तुमसे विदा होऊं, मैं तुम्हें सजग चाहता हूं ताकि तुम उन्हीं गड्ढों में न गिर जाओ जिनमें प्रत्येक समाज, प्रत्येक सभ्यता गिरी हुई है।

दि लास्ट टेस्टामेंट, भाग 1–13 सितम्बर 1985, सायं
(साक्षात्कार का अंश)

शक्ति पर

भगवान,
कृपया शक्ति के दुरुपयोग के सम्बंध में बताएं।

एक अंगरेज दार्शनिक का प्रसिद्ध वक्तव्य है : "शक्ति भ्रष्ट करती है, आत्यंतिक शक्ति आत्यंतिक रूप से भ्रष्ट करती है।"

मैं उससे सहमत नहीं हूं। मेरा विश्लेषण सर्वथा भिन्न है। प्रत्येक व्यक्ति हिंसा, लोभ, क्रोध और वासना से भरा हुआ है—लेकिन शक्ति नहीं है उसके पास, तो एक संत बना रहता है। हिंसक होने के लिए तुम्हें शक्तिशाली होना जरूरी है। अपना लोभ पूरा करने के लिए तुम्हें शक्तिशाली होना जरूरी है। अपनी वासनाओं की पूर्ति के लिए तुम्हें शक्तिशाली होना जरूरी है।

तो जब तुम्हारे हाथों में शक्ति पड़ जाती है, तुम्हारे ये सारे सोए हुए कुत्ते भौंकना शुरू कर देते हैं। शक्ति तुम्हारा पोषण बन जाती है, एक मौका। यह शक्ति नहीं है जो भ्रष्ट करती है, तुम भ्रष्ट हो। शक्ति केवल तुम्हारी भ्रष्टता को उजागर करती है। तुम किसी की हत्या करना चाहते थे, लेकिन तुम्हारे पास हत्या करने की शक्ति नहीं थी; लेकिन तुम्हारे पास शक्ति हो तो तुम हत्या करोगे।

यह शक्ति नहीं है जो तुम्हें भ्रष्ट करती है, भ्रष्टता तुम्हारे भीतर है; शक्ति केवल तुम्हें वह करने का मौका देती है जो कुछ तुम करना चाहते हो।

गौतम बुद्ध जैसे व्यक्ति के हाथ में शक्ति भ्रष्ट नहीं करेगी; उलटे वह मानवता की सहायता बनेगी चेतना के उत्थान के लिए। चंगेज खां के हाथों

में शक्ति लोगों को नष्ट करती है, स्त्रियों पर बलात्कार करती है, लोगों को जिंदा ज़लाती है। समूचे गांव जलाए जाते हैं—लोगों को निकल भागने भी नहीं दिया जाता। यह शक्ति नहीं है...यह चंगेज खां के भीतर ही ये सारी इच्छाएं रही होंगी।

यह लगभग वैसा ही है जैसे जब बरसात आती है, भिन्न-भिन्न प्रकार के पौधे उगने शुरू हो जाते हैं। लेकिन भिन्न-भिन्न प्रकार के पौधों में भिन्न-भिन्न प्रकार के फूल आते हैं। जो कुछ भी तुम्हारे बीज में छिपा है, जो कुछ तुम्हारी सम्भावना है, शक्ति तुम्हें एक मौका दे देती है—क्योंकि अधिकांश मनुष्य इतने मूर्च्छित रूप से जी रहे हैं कि जब वे शक्ति में आते हैं तो उनकी सारी अचेतन प्रवृत्तियों को एक मौका मिलता है स्वयं को तृप्त करने का। फिर वे फिक्र नहीं करते यदि उसके द्वारा लोग मारे जाते हैं, लोग जहर दे दिए जाते हैं...।

तुम मुझसे शक्ति के दुरुपयोग के बारे में पूछ रहे हो। शक्ति का दुरुपयोग होता है क्योंकि तुम्हारे भीतर इच्छाएं हैं जो कुरूप हैं, जो एक विरासत हैं पशुओं से आई हुई।

एक बेहतर जगत् में पहली जो बात होनी चाहिए...हम जीवन का एक-तिहाई हिस्सा बच्चों को शिक्षित करने में बरबाद करते हैं। उस एक-तिहाई जीवन में कुछ समय दिया जाना चाहिए उनके अचेतन को स्वच्छ करने के लिए; ताकि जब तक वे विश्वविद्यालयों से स्नातक बनकर निकलें, और कहीं कोई शक्ति उनके हाथ में आए-कोई पुलिस कमिश्नर बनेगा, कोई गवर्नर बनेगा, कोई प्रधानमंत्री बनेगा—यदि उनके अचेतन में कुछ ऐसा न हो जो विषाक्त है, विध्वंसक है, तो शक्ति का दुरुपयोग नहीं किया जा सकता। उसका दुरुपयोग कौन करनेवाला है?

शक्ति तटस्थ है।

इटली में मेरे संन्यासी पिछले एक वर्ष से मेरे लिए एक पर्यटक-वीसा प्राप्त करने का प्रयास करते रहे हैं—केवल तीन सप्ताह का वीसा। और अधिकारियों को इसमें एक साल लगा है, और वे निर्णय लेने में समर्थ नहीं हुए हैं। अंततः, कुछ दिन पहले, एक पत्र आया : एक वर्ष में पुराना आवेदन निरर्थक हो गया है, नए आवेदन की जरूरत है।

उन्होंने आवेदन-पत्र भरा था, मैंने आवेदन-पत्र पर हस्ताक्षर किए थे, और कल ही इतालवी राजदूत ने मुझे सूचना दी कि मुझे दस दिन का पर्यटक-वीसा दिया गया है—लेकिन कुछ शर्तें हैं। मैंने कभी नहीं सुना है

कि पर्यटक-वीसी शर्तों के साथ दिए जाते हैं। शर्तें ये हैं : इस बात की सूचना देनी होगी कि आप किस तारीख, किस समय पर, किस एअरपोर्ट से भारत छोड़ेंगे; किस तारीख, किस समय पर, किस एअरपोर्ट पर इटली में उतरेंगे; और वापसी के लिए भी ऐसा ही।

"इटली में, जिस किसी भी नगर में आप हों, पहले आपको पुलिस स्टेशन में उपस्थित होना चाहिए और उन्हें सूचित करना चाहिए कि आप उस नगर में कितने दिन रुकनेवाले हैं। और नगर छोड़ने से पूर्व आपको पुनः पुलिस स्टेशन जाना चाहिए, उन्हें सूचित करने को कि आप नगर छोड़ रहे हैं। अगले नगर में फिर आपको पुलिस स्टेशन जाना होगा।"

मैंने अनंदो को कहा है इटली के प्रधानमंत्री को पत्र लिखने के लिए : "कुछ ही महीनों पूर्व तुम भारत में थे। तुम्हारे लिए कितनी शर्तें लगाई गई थीं? और कितने पुलिस स्टेशनों में तुम उपस्थित हुए? और क्या तुम सोचते हो कि मैं कोई हत्यारा हूं, या कोई आतंकवादी, या मैं बम और डाइनामाइट लिए घूम रहा हूं?

"दुबारा जब भारत आ रहे होओ तो हम लोगों को खबर करना, ताकि हम सचमुच तुम्हारा अच्छा स्वागत कर सकें। और मैं तुम्हारी भूमि पर कदम रखने से इनकार करता हूं जब तक कि तुम ये शर्तें लगाने के लिए माफी नहीं मांगते। तुम्हें ये शर्तें खोज निकालने में एक वर्ष का समय लगा; और फिर भी तुमने तीन सप्ताह का वीसा नहीं दिया है, बस दस दिनों का। साधारणतः वीसा तीन महीनों के लिए दिया जाता है, और किसी ने भी कभी नहीं सुना है कि ऐसी शर्तों का पालन करना होगा।" मैंने अनंदो को कहा है कि उन्हें लिखो कि, "ऐसा लगता है कि बेनिटो मुसोलिनी की अभी तक मौत नहीं हुई है। तुम्हारा देश एक प्रजातांत्रिक देश नहीं है, वह अभी भी फासिस्ट है। ये शर्तें निःसंदेह एक फासिस्ट मन की परिचायक हैं।

तो मैं इटली आऊंगा यदि तुम सार्वजनिक रूप से क्षमायाचना करो; या फिर मैं इटली तब आऊंगा जब तुम सत्ता में न होओगे। और इटली में मेरे लोग हर सम्भव ढंग से यह पक्का करने का प्रयत्न करेंगे कि तुम सत्ता में न रह जाओ। बस जरा नए चुनाव आने दो! क्योंकि इटली में मेरे हजारों संन्यासी हैं और यह इटली के मेरे हजारों संन्यासियों का अपमान है।

"पोप भारत आते हैं, और राष्ट्रपति और प्रधानमंत्री हवाई अड्डे पर उनका स्वागत करने जाते हैं, और उन्हें नहीं कहा जाता हर शहर में पुलिस

स्टेशन में उपस्थित होने के लिए। और वह स्वयं यहां आए थे। लेकिन अगली बार, जब तुम यहां प्रधानमंत्री की भांति आओ, तो जरा हमें सूचित कर देना कि तुम किस समय, और कौन से हवाई अड्डे पर उतर रहे हो, ताकि हम तुम्हारी शर्तों के सम्बंध में तुम्हें जवाब दे सकें।"

ये लोग शक्ति द्वारा नहीं भ्रष्ट किए गए हैं, ये लोग भ्रष्ट हैं, शक्ति केवल उनकी भ्रष्टता को सक्रिय कर देती है।

शक्ति स्वयं में तटस्थ है। एक अच्छे व्यक्ति के हाथों में वह वरदान सिद्ध होगी। एक मूर्च्छित व्यक्ति के हाथों में वह अभिशाप होने ही वाली है। लेकिन हजारों वर्षों से हमने शक्ति की निंदा की है, बिना कोई विचार किए कि शक्ति की निंदा करने की जरूरत नहीं है, लोगों के भीतर छिपी कुरूप प्रवृत्तियों की सफाई किए जाने की जरूरत है, क्योंकि हर व्यक्ति के हाथों में किसी-न-किसी प्रकार की शक्ति आने ही वाली है।

उसे कोई बहुत बड़ी शक्ति होने की जरूरत नहीं है। तुम एक रेलवे स्टेशन में बैठे हुए टिकट बेच रहे हो सकते हो, लेकिन वह भी तुम्हें शक्ति प्रदान करता है। तुम खिड़की पर खड़े हो, और वह तुम्हारी तरफ नजर तक नहीं डालता। वह पलटता जाता है अपनी फाइलें—और तुम देख सकते हो कि फाइल में उसका कोई रस नहीं है, बस वह तुम्हें तुम्हारी जगह दिखाना चाहता है। एक कलेक्टर के कार्यालय के बाहर बैठा हुआ चपरासी तक ऐसा व्यवहार करता है जैसे वह राष्ट्रपति हो देश का। तो सवाल यह नहीं है कि तुम कहां हो। जहां कहीं भी तुम हो, किसी किस्म की शक्ति तुम्हारे पास होगी।

भारत का एक मुसलमान सम्राट औरंगजेब इतना अधैर्यवान था कि वह अपने पिता की मृत्यु की, अथवा बूढ़े होने की प्रतीक्षा नहीं कर सका, जबकि वह उत्तराधिकारी बनता। उसने अपने ही पिता को जेल में डाल दिया और देश का सम्राट बन बैठा।

उसका पिता सारे जीवन व्यस्तता में जिया था। अब, जेल की कोठरी में पड़े हुए, उसने अपने लड़के को एक संदेश भेजा : "कम-से-कम तीस लड़कों की व्यवस्था कर दो, ताकि मैं उन्हें पवित्र कुरान पढ़ा सकें।" और औरंगजेब ने अपने दरबारियों से जो कहा वह बड़ा अर्थपूर्ण है। उसने कहा, "वह बूढ़ा शक्ति से हाथ धोना नहीं चाहता। अब वह सम्राट नहीं है। लेकिन तीस विद्यार्थी...उन्हें कुरान पढ़ाते हुए, पुनः उसके पास उन छोटे बच्चों के ऊपर शक्ति होगी।"

मनस्विद कहते हैं कि लोग जो जीवन में प्रतिस्पर्धा करके शक्तिशाली बनने से डरते हैं, वे एक उससे सरल रास्ता चुन लेते हैं : वे विद्यालयों में शिक्षक बन जाते हैं। छोटे बच्चे...और तुम उन्हें सता सकते हो, मार-पीट सकते हो—यद्यपि वह गैर-कानूनी है लेकिन ऐसा सारे देश में होता है।

अभी गत दिनों ही मैं एक रिपोर्ट पढ़ रहा था कि ऐसे मामले मिले हैं...लेकिन सरकार उन तथ्यों को छिपाए चली जाती है। पहली बार यह स्वीकार किया गया है, क्योंकि अब यह बहुत ज्यादा हो चुका है...कि शिक्षकों ने बच्चों को इतने जोरों से मारा है कि वे बहरे हो गए हैं, अपने सारे जीवन के लिए।

एक लड़का—उसके अपने पिता ने ही उसे जंजीरों से बांध दिया। प्रायः दस वर्षों तक वह जंजीरों में जकड़ा रहा, घर के एक खम्भे में बंधा। वह करीब-करीब पशु जैसा बन गया है। वह खड़ा नहीं हो सकता, वह केवल चौपाए की तरह ही चल सकता है; और क्योंकि वह अंधेरे में ही रहने के लिए मजबूर कर दिया गया था, उसने अपनी दृष्टि भी खो दी है।

मां-बाप तक शक्ति का उपयोग करते हैं। शिक्षक शक्ति का उपयोग करते हैं, पति शक्ति का उपयोग करते हैं, पत्नियां शक्ति का उपयोग करती हैं। इससे कोई फर्क नहीं पड़ता कि तुम कहां हो।

यदि मनुष्यजाति गहरी मनोवैज्ञानिक जड़ों को समझ ले और मनुष्य का अचेतन बदल दे ताकि बीज ही ने बचें, तो शक्ति की वर्षा होती रहे लेकिन भ्रष्टता के फूले नहीं आएंगे। अन्यथा शक्ति का दुरुपयोग सदा होनेवाला है। और तुम लोगों के हाथों से शक्ति नहीं छीन सकते। किसी को मां होना ही होगा, किसी को पिता होना ही होगा, किसी को शिक्षक होना ही होगा।

एकमात्र उपाय है कि ध्यान द्वारा लोगों का अचेतन स्वच्छ कर दिया जाए, उनका अंतरतम प्रकाश से भर दिया जाए। यह केवल ध्यान है जो तुम्हें स्वच्छ हृदय प्रदान करता है, जिसे भ्रष्ट नहीं किया जा सकता। तब शक्ति का दुरुपयोग कभी नहीं हो सकता, तब शक्ति एक वरदान हो सकती है—वह सृजनात्मक होनेवाली है। तब तुम जीवन को और प्रेम किए जाने योग्य, और जीने योग्य बनानेवाली, अस्तित्व को थोड़ा और सुंदर बनानेवाली कोई बात करने ही वाले हो।

लेकिन वह महान दिन अभी आया नहीं। और उस महान दिन के आने के लिए यदि तुम कोई प्रयास करो, सारे के सारे शक्ति की लत में पड़े लोग तुम्हारे खिलाफ हो जानेवाले हैं।

मुझसे बार-बार यह पूछा गया है, "सारी दुनिया आपके खिलाफ क्यों है?"

वे सारे-के-सारे शक्ति की लत में पड़े हुए लोग हैं, और मैं व्यक्ति को प्रशांति का—शांति और मौन का और प्रेम और मस्ती का एक सरोवर बना देने का प्रयास कर रहा हूं।

दि रेजर्स एज—28 फरवरी 1987, प्रातः
(प्रथम प्रश्न)

राजनेता

भगवान,
क्या यह सम्भव है कि एक राजनैतिक धार्मिक व्यक्ति हो सके अथवा एक धार्मिक व्यक्ति राजनीतिक हो सके?

यह सर्वथा असम्भव है कि एक राजनीतिक आदमी धार्मिक हो सके, क्योंकि राजनीति और धर्म के रास्ते व्यासीय रूप से विपरीत हैं।

तुम्हें समझना है कि यह तुम्हारे व्यक्तित्व में कुछ और जोड़ देने का प्रश्न नहीं है—धर्म एक जोड़ नहीं है। यदि तुम राजनीतिक हो, तुम एक चित्रकार हो सकते हो, तुम एक कवि हो सकते हो, तुम एक संगीतकार हो सकते हो; ये सब जोड़ हैं।

राजनीति और संगीत व्यासीय रूप से विपरीत नहीं हैं। उलटे संगीत तुम्हें बेहतर राजनीतिक बनने में मदद कर सकता है। वह तनावरहित करनेवाला होगा, वह तुम्हें सारे दिन से और उन चिंताओं से जिनमें से राजनीतिक को गुजरना पड़ता है, निर्भार हो जाने में तुम्हारी सहायता करेगा।

लेकिन धर्म एक जोड नहीं है, वह एक व्यासीय रूप से विपरीत आयाम हैं।

तो पहले तुम्हें राजनीतिक व्यक्ति को समझना होगा, सचमुच में उसका अर्थ क्या होता है?

राजनीतिक व्यक्ति एक बीमार व्यक्ति है, मनोवैज्ञानिक रूप से बीमार, आध्यात्मिक रूप से बीमार।

शारीरिक रूप से वह बिलकुल ठीक हो सकता है। सामान्यतया राजनीतिक

लोग शरीर से बिलकुल ठीक होते हैं, उनका सारा बोझ उनके मनस पर पड़ता है। तुम इसे देख सकते हो। एक बार राजनीतिक के हाथ से सत्ता चली जाए कि उसका शारीरिक स्वास्थ्य भी विदा होने लगता है। अजीब...जब वह सत्ता में था, इतनी सारी चिंताओं और तनावों के बोझ से दबा हुआ, तब वह शारीरिक रूप से एकदम दुरुस्त था। जैसे ही सत्ता गई, सारी चिंताएं भी चली गईं, अब वे किसी अन्य का मामला हैं, उसका मनस निर्भार हो गया, लेकिन उस निर्धारीकरण में ही उसकी सारी बीमारियां उसके शरीर पर टूट पड़ती हैं।

जहां तक उसके शरीर का सम्बंध है, राजनीतिक तभी तकलीफ में पड़ता है जब उसकी सत्ता चली जाती है। अन्यथा राजनीतिक ज्यादा लम्बी उम्र तक जीता लगता है, शारीरिक रूप से स्वस्थ। अजीब है। लेकिन कारण यह है कि उनकी सारी बीमारी उनके मनस द्वारा ले ली जाती है। और जब मनस सारी बीमारियों को ले लेता है, तो शरीर निर्भार रूप से जी सकता है। लेकिन यदि मनस अपनी सारी बीमारियों को मुक्त करता है, तो वे कहां जानेवाली हैं? तुम्हारे मनस से निचला तल है तुम्हारा शारीरिक अस्तित्व—सारी बीमारियां शरीर पर टूट पड़ती हैं। सत्ता-विहीन राजनीतिक जल्दी ही मर जाते हैं। सत्तासीन राजनीतिक बहुत लम्बे समय तक जीते हैं। यह एक सुविदित तथ्य है, लेकिन उसका कारण उतना सुविदित नहीं है।

तो पहली बात समझने की यह है कि राजनीतिक आदमी मनोवैज्ञानिक रूप से रुग्ण है, उसकी मानसिक रुग्णता जब अत्यधिक हो जाती है, जब मनस उसे और अधिक नहीं सम्भाल सकता, तो वह आध्यात्मिक रुग्णता बन जाती है। अब, सावधान रहो! यदि राजनीतिक व्यक्ति सत्ता में है, तो उसकी मनोव्याधियां उसके आध्यात्मिक प्राणों में फैल जानेवाली हैं; क्योंकि वह मनोव्याधियों को पकड़े हुए है इसलिए वे नीचे की ओर नहीं गिर सकतीं। वह सोचता है कि ये उसकी शक्ति हैं, ये उसकी सम्पदा हैं; वह इन्हें गिरने नहीं देगा।

मैं इसे रुग्णता कह रहा हूं। उसके लिए ये उसके समूचे अहंकार की दौड़ हैं। वह इन्हीं के लिए जी रहा है; उसके लिए कोई और अर्थ नहीं है। जीवन का। तो जब वह सत्ता में होता है वह अपनी बीमारियों को कसकर पकड़ता है। लेकिन उसे आध्यात्मिक तलों का कुछ पता नहीं होता, अतः वे दरवाजे खुले रहते हैं। वह उन दरवाजों को बंद नहीं कर सकता, उसे खयाल ही नहीं है कि उसके मन से अधिक कुछ और है। जब वह सत्ता

में है, उसकी मनोव्याधियां, यदि वे उसके बस के बाहर हो जाती हैं, एक खास सीमा के बाद उसके मनस से छलककर उसकी आध्यात्मिकता तक पहुंच जाती हैं। यदि वह सत्ता से बाहर है, तब वह इन मूढ़ताओं को पकड़ने में उतना उत्सुक नहीं दिखता। अब वह जानता है कि यह क्या था। अब वह जानता है कि यह कुछ पकड़ने योग्य न था। और वैसे भी पकड़ने के लिए कुछ रस भी नहीं; सत्ता जा चुकी है, अब वह ना-कुछ है।

नैराश्य के वशीभूत, वह शिथिल होता है—शायद मुझे कहना चाहिए कि शिथिलता स्वतः आ जाती है उसके पास। अब वह सो सकता है, अब वह सुबह टहलने के लिए जा सकता है। वह गपशप कर सकता है, वह शतरंज खेल सकता है, वह कुछ भी कर सकता है। मनस-तल पर वह स्वयं को ढीला होता पाता है। दरवाजे, जो उसने अपने मनस और शरीर के बीच बंद कर रखे थे, खुलने शुरू हो जाते हैं और उसका शरीर अब कष्ट उठाने ही वाला है : उसे हृदय का दौरा पड़ सकता है, वह किसी भी प्रकार की बीमारी में पड़ सकता है, सब कुछ सम्भव है। उसकी मनोव्याधि उसके शरीर के निर्बलतम हिस्से की ओर प्रवाहित होगी। लेकिन सत्ता होने पर वह ऊर्ध्वगामी होती है, उसकी अंतरात्मा की ओर—जिसका उसे कोई पता नहीं है।

और रुग्णता क्या है?

रुग्णता है हीनता की ग्रंथि।

कोई भी जिसका रस शक्ति में है हीनता-ग्रंथि से पीड़ित है। बहुत गहरे में वह स्वयं को अयोग्य समझता है, औरों से हीन समझता है।

और निश्चित ही प्रत्येक व्यक्ति तमाम तरह से हीन है। तुम एक यहूदी मेनहन नहीं हो। लेकिन हीन महसूस करने की कोई जरूरत नहीं है क्योंकि तुमने कभी होने की कोशिश नहीं की, और वह तुम्हारा काम नहीं। उधर यहूदी मेनहन भी वह नहीं है जो तुम हो। तो समस्या क्या है? द्वंद्व कहां है?

लेकिन राजनैतिक मन हीनता के घाव से पीड़ित रहता है, और राजनीतिक उसे घाव को खुजलाए जाता है। बौद्धिकता में वह एक अलबर्ट आइंस्टीन नहीं है—वह महामानवों से अपनी तुलना करता है—मनोवैज्ञानिकता में वह सिगमंड फ्रायड नहीं है...यदि तुम मनुष्यता के महामानवों से अपनी तुलना करो तो तुम बिलकुल व्यर्थ महसूस करने ही वाले हो।

यह व्यर्थता की भावना दो प्रकार से दूर की जा सकती है : एक है धर्म, दूसरी है राजनीति।

राजनीति वास्तव में उसे दूर नहीं करती, सिर्फ ढंग देती है। यह वही रुग्ण आदमी है, वही आदमी जो हीन महसूस कर रहा था, जो एक राष्ट्रपति के रूप में बैठता है। लेकिन केवल कुर्सी में राष्ट्रपति के रूप में बैठना, वह तुम्हारी आंतरिक स्थिति में किस प्रकार फर्क पैदा कर सकता है?

अहंकार इतना सूक्ष्म और इतना फिसलन भरा है। और राजनीतिक केवल अपने अहंकार के कारण रुग्ण है।

वह एक राष्ट्रपति बनकर, एक प्रधानमंत्री बनकर अपने घाव छिपा सकता है...वह घाव को छिपा सकता है लेकिन घाव मौजूद है। तुम सारी दुनिया को धोखा दे सकते हो लेकिन तुम स्वयं को धोखा कैसे दोगे? तुम्हें उसका पता है, वह वहां है, तुमने उसे ढंक दिया है।

और यह है दशा राजनीतिक की—केवल मवाद, घाव, हीनता, अयोग्यता महसूस करना। हां, वह ऊपर और ऊपर पहुंच गया है, और सीढ़ी के हर पायदान पर यह आशा थी कि अगले कदम पर उसका घाव भर जाएगा।

हीनता जन्म देती है महत्त्वाकांक्षा को, क्योंकि महत्त्वाकांक्षा का केवल अर्थ इतना होता है कि स्वयं को श्रेष्ठ सिद्ध करने का प्रयास। स्वयं को श्रेष्ठ सिद्ध करने के प्रयास के अलावा महत्त्वाकांक्षा का और कोई दूसरा अर्थ नहीं है। लेकिन स्वयं को श्रेष्ठ सिद्ध करने के लिए प्रयास भी क्यों करना, यदि तुम हीनता से ग्रसित नहीं हो?

मेरे पिता को छोड़कर मेरा सारा परिवार राजनैतिक था। तो वे सब मुझसे पूछते, "तुम क्यों नहीं अपना नाम दर्ज करवाते, तुम क्यों नहीं मतदान करते?—और तुम अपनी ऊर्जा क्यों व्यर्थ कर रहे हो? यदि तुम राजनीति की दिशा में चलो, तो तुम देश के राष्ट्रपति बन सकते हो, तुम देश के प्रधानमंत्री बन सकते हो।"

मैंने कहा, "तुम बिलकुल भूल गए हो कि तुम किससे बात कर रहे हो? मैं किसी हीनता से ग्रसित नहीं हूं, फिर क्यों मैं देश का राष्ट्रपति बनने में उत्सुक होऊंगा? मैं अपना जीवन देश का राष्ट्रपति बनने में क्यों व्यर्थ करूंगा? यह तो करीब-करीब वैसा ही है जैसे मुझे कैंसर तो न हो और तुम मुझे कैंसर का ऑपरेशन करवाना चाहते होओ—यह अजीब है। क्यों अनावश्यकरूप से मेरा ऑपरेशन किया जाए?

"तुम किसी हीनता-ग्रंथि से पीड़ित हो, और तुम अपनी हीनता-ग्रंथि को मुझ पर प्रक्षेपित कर रहे हो। मैं बिलकुल ठीक हूं जैसा हूं। जहां कहीं भी मैं हूं उसके लिए मैं अस्तित्व के प्रति सर्वथा अनुगृहीत हूं। आज जो कुछ

भी होता है, अच्छा है। उससे ज्यादा की कभी मैंने मांग नहीं की, तो मुझे निराश करने का कोई उपाय नहीं।"

वे बोले, "तुम अजीब बातें करते हो। यह हीनता-ग्रंथि क्या बला है। और इस हीनता-ग्रंथि का राजनीति से क्या लेना-देना है?"

मैंने कहा, "तुम सीधा-सा मनोविज्ञान नहीं समझते और न तुम्हारे महान राजनीतिक सीधा-सा मनोविज्ञान समझते हैं। दुनिया भर में ऊपर बैठे ये सब राजनीतिक रुग्ण लोग हैं।"

तो एक तो रास्ता है अपने घाव को छिपाते चले जाना। हां, वे औरों को धोखा दे सकते हैं। जबकि जिमी कार्टर मुस्कुराते हैं, तुम धोखा खा जाते हो, लेकिन जिमी कार्टर स्वयं को कैसे धोखा दे सकते हैं? वह जानते हैं। कि यह बस होठों की कसरत है। भीतर कुछ नहीं है, कोई मुस्कुराहट नहीं है।

लोग सीढ़ी के आखिरी पायदान पर पहुंच जाते हैं तब उन्हें पता चलता है कि उनका सारा जीवन एक बरबादी रहा है। वे पहुंच गए हैं, लेकिन कहां? वे उस स्थान पर पहुंच गए हैं जिसके लिए वे लड़ते रहे थे—और यह एक छोटी लड़ाई न थी; यह जी-जान की लड़ाई थी—और इतने लोगों को नष्ट करते रहे थे, इतने लोगों का माध्यम की तरह उपयोग करते हुए, और उनके सिरों पर चढ़ते हुए।

तुम सीढ़ी के आखिरी पायदान पर पहुंच चुके हो लेकिन तुम्हें मिला क्या? तुमने केवल अपना सारा जीवन बरबाद किया है। अब उसको स्वीकार करने के लिए भी विशाल साहस की जरूरत है। अब यही बेहतर है कि मुस्कुराते चलो और भ्रम को बरकरार रखो : कम-से-कम दूसरे तो मानते हैं कि तुम महान हो।

तुम जानते हो कि तुम कौन हो। तुम बिलकुल वही के वही हो जो तुम थे—शायद उससे भी बदतर, क्योंकि इस सारे संघर्ष ने, इस सारी हिंसा ने तुम्हें बदतर कर दिया है।

तुम अपनी सारी मानवता खो चुके हो।

तुम एक आत्मवान प्राणी नहीं रह गए हो।

वह तुम से इतनी दूर है कि गुरजिएफ कहा करता था कि हर व्यक्ति के पास आत्मा नहीं होती, इस सीधे से कारण से कि...ऐसा नहीं कि यह अक्षरशः सत्य है, लेकिन वह कहा करता था; हर आदमी को आत्मा नहीं होती; केवल बहुत ही थोड़े से लोग जो अपनी आत्मा खोज लेते हैं उनको

होती हैं—उनके पास है। दूसरे सब केवल भ्रम में जी रहे हैं क्योंकि धर्मग्रंथ कहते हैं, और सारे धर्म सिखाते हैं कि तुम आत्मा लेकर पैदा होते हो।

गुरजिएफ बड़ा उग्र था। उसने कहा, यह सब बकवास है। तुम आत्मा लेकर पैदा नहीं होते। तुम्हें उसे अर्जित करना होता है, तुम्हें उसके योग्य बनना पड़ता है।

और मैं समझ सकता हूं कि उसका अर्थ क्या था, यद्यपि मैं यह नहीं कहूंगा कि तुम आत्मा के बिना पैदा होते हो। तुम आत्मा के साथ पैदा होते हो लेकिन वह आत्मा केवल एक सम्भावना है। और जो कुछ भी गुरजिएफ कह रहा है वह भी ठीक यही बात है। उस सम्भावना को तुम्हें यथार्थ बनाना होता है। उसे तुम्हें अर्जित करना होता है। उसके तुम्हें योग्य बनना पड़ता है।

राजनीतिक को इसकी पहचान तब आती है जब उसका पूरा जीवन गंदी नाली में जा चुका होता है। अब, या तो उसे स्वीकारोक्ति करनी होती है—जो कि बहुत मूढ़तापूर्ण लगता है, क्योंकि वह स्वीकार कर रहा है कि उसका सारा जीवन एक मूर्ख का जीवन रहा है।

घाव छुपाने से नहीं ठीक होते।

धर्म उपचार है।

मेडिटेशन (ध्यान) और मेडिसिन (औषधि) शब्द एक ही धातु से आते हैं। औषधि शरीर के लिए है। औषधि का जो काम शरीर के लिए है, ध्यान का वही काम आत्मा के लिए है। वह स्वस्थकर है, वह उपचार है।

तुम मुझसे पूछते हो, क्या राजनीतिक धार्मिक हो सकता है? राजनीतिक बने रहते हुए, यह असम्भव है। हां, यदि वह राजनीति छोड़ दे—तब वह राजनीतिक नहीं रह जाता—वह धार्मिक व्यक्ति बन सकता है। तो मैं विभाजन नहीं कर रहा हूं...मैं राजनीतिक को धार्मिक होने से रोक नहीं रहा हूं, मैं जो कह रहा हूं वह यह कि राजनीतिक रहते वह धार्मिक नहीं हो सकता क्योंकि वे दो भिन्न आयाम हैं।

या तो तुम अपने घाव को छिपाओ या फिर उसका उपचार करो। तुम दोनों साथ-साथ नहीं कर सकते। और उसका उपचार करने के लिए तुम्हें उसे उघाड़ना ही पड़ेगा—ढंकना नहीं। उसे उघाड़ो, उसे जानो, उसमें गहरे जाओ, उसकी पीड़ा झेलो...

जरूरत जिस बात की है वह है तुम्हारे समूचे प्राणों की छानबीन—पूर्वग्रहरहित, बिना किसी निंदा के...क्योंकि तुम्हें बहुत-सी बातें मिलेंगी

जिनके बारे में तुम्हें बताया गया है कि वे बुरी हैं, अशुभ हैं। तो सिकुड़ मत जाना, उन्हें वहां रहने दो। तुम्हें बस सिर्फ उनकी निंदा भर नहीं करनी है।

तुम एक अनुसंधान पर निकले हो। मात्र खयाल में ले लो कि कोई वस्तु है वहां, खयाल में ले लो और आगे बढ़ो। उसकी निंदा मत करो, उसे नाम मत दो। उसके पक्ष या विपक्ष में कोई पूर्वग्रह मत लाओ, क्योंकि वही है वह बात जो तुम्हें अनुसंधान करने से रोकती है : तुम्हारा अंतर्जगत् तत्क्षण बंद हो जाता है, तुम तनावयुक्त हो जाते हो—कुछ बुरी बात? तुम भीतर जाते हो, तुम कुछ देखते हो और तुम भयभीत हो जाते हो कि यह तो बुरा है। : लोभ, लिप्सा, क्रोध, ईर्ष्या...मेरे ईश्वर! ये सब चीजें मेरे भीतर!—भीतर न जाना ही बेहतर है।

यही कारण है कि कोटि-कोटि लोग भीतर प्रवेश नहीं करते। बस वे अपने घर के बाहर सीढ़ियों पर ही डेरा जमा लेते हैं। वे अपना सारा जीवन पोर्च में ही जीते हैं। यह एक पोर्च जीवन है। वे कभी अपने घर का दरवाजा नहीं खोलते। और घर में बहुत से कक्ष हैं, यह एक महल है। यदि तुम भीतर जाओ, तुम्हें बहुत-सी चीजें मिलेंगी जिनके बारे में तुम्हें दूसरों ने बताया है। कि गलत हैं। तुम नहीं जानते, तुम केवल इतना कहो, मैं एक अज्ञानी व्यक्ति व्यक्ति हूं। मैं नहीं जानता कि यहां भीतर तुम कौन हो। मैं तो केवल अनुसंधान करने आया हूं, एक सर्वेक्षण करने और एक सर्वेक्षणकर्ता को इस बात की फिक्र नहीं होनी चाहिए कि क्या अच्छा है और क्या बुरा है, वह तो केवल देखता चला जाता है, अवलोकन करता, निरीक्षण करता।

और तुम इस सर्वाधिक अजीब अनुभव से चकित हो जाओगे : कि जिसे अब तक तुमने प्रेम कहा था, बस उसके पीछे ही छिपी हुई घृणा है। बस खयाल में ले लो। जिसे अब तक तुम कहते रहे थे कि विनम्रता है, बस उसी के पीछे छिपा हुआ तुम्हारा अहंकार है। बस खयाल में ले लो।

यदि कोई मुझसे पूछे, “क्या तुम विनम्र व्यक्ति हो?” मैं नहीं कह सकता कि “मैं हैं”, क्योंकि मैं जानता हूं कि विनम्रता केवल शीर्षासन करता हुआ अहंकार ही है। मैं एक अहंकारी नहीं हूं, मैं विनम्र कैसे हो सकता हूँ? क्या तुम मुझे समझ रहे हो? विनम्र होना असम्भव है जब तक अहंकार न हो। और एक बार तुमने देख लिया कि दोनों एक साथ हैं, एक अजीबतम बात घटित होती है, जैसा कि मैं तुम्हें बता रहा था, जिस क्षण तुम देखते हो कि तुम्हारा प्रेम और तुम्हारी घृणा, तुम्हारी विनम्रता और अहंकार एक हैं, वे वाष्पीभूत हो जाते हैं।

तुम्हें जरा भी कुछ भी नहीं करना है। तुमने उनका रहस्य जान लिया। वह रहस्य उन्हें तुम्हारे भीतर बने रहने में मदद कर रहा था। तुमने रहस्य देख लिया, अब उनके लिए छिपने की जगह नहीं रही। बार-बार भीतर जाओ, और हर बार तुम्हें वहां कम चीजें मिलेंगी। तुम्हारे भीतर के जमाव बिखर रहे हैं, भीड़े विदा हो रही हैं। और वह दिन दूर नहीं है जब तुम अकेले छोड़ दिए जाओगे, और वहां कोई नहीं है, केवल एक खालीपन रह गया है। और अचानक तुम रोगमुक्त हो गए।

हर्गिज कोई तुलना मत करो। क्योंकि तुम तुम हो और कोई अन्य व्यक्ति अन्य व्यक्ति है। मैं यहूदी मेनहन से अथवा पाबलो पिकासो से अपनी तुलना क्यों करूं? मुझे इसका जरा भी कारण नजर नहीं आता। वे अपना काम कर रहे हैं, मैं अपना काम कर रहा हूं। वे अपना काम करने में आनंद ले रहे हैं—शायद, क्योंकि उनके सम्बंध में मुझे पक्का नहीं हो सकता। लेकिन अपने बारे में मुझे पक्का है, कि मैं जो कुछ भी कर रहा हूं अथवा नहीं कर रहा हूं, उसका मैं आनंद ले रहा हूं।

केवल अपने बारे में मैं सुनिश्चित हो सकता हूं।

मैं जानता हूं कि यदि तुम अपने अंतर्जगत् का अन्वेषण करते जाओ बिना किसी निंदा के, बिना किसी प्रशंसा के, बिना कोई सोच-विचार किए, केवल तथ्यों को देखते हुए भर—वे विदा होने शुरू हो जाते हैं।

एक दिन आता हैं, तुम अकेले छोड़ दिए गए हो, सारी भीड़ जा चुकी है; और उस क्षण में, पहली बार तुम्हें प्रतीति होती है कि मानसिक स्वस्थता क्या है।

और मानसिक स्वस्थता से द्वार खुलता है आत्मिक स्वस्थता का।

तुम्हें उसे खोलने की जरूरत नहीं पड़ती, वह स्वतः खुलता है। तुम बस मनस-केंद्र पर पहुंच जाओ और द्वार खुल जाता है। वह तुम्हारी प्रतीक्षा करता रहा था, शायद कई जन्मों से। जब तुम आते हो, द्वार तुरंत खुल जाता है। और उस द्वार से न तुम केवल स्वयं को देखते हो, तुम समूचे अस्तित्व को देखते हो—समस्त सितारे, समुचा कॉस्मॉस।

इसलिए मैं आत्यंतिक रूप से कह सकता हूं : कोई राजनीतिक व्यक्ति धार्मिक नहीं बन सकता यदि वह राजनीति को नहीं छोड़ता। तब वह राजनीतिक नहीं रह जाता, और मैं जो कह रहा हूं वह उस पर लागू नहीं होता।

तुमने यह भी पूछा है, क्या एक धार्मिक व्यक्ति राजनीतिक बन सकता

है? वह पहले से भी ज्यादा असम्भव कृत्य है, क्योंकि उसके लिए राजनीतिक बनने का जरा भी कोई कारण नहीं है। यदि हीनता वह कारण है जो तुम्हें महत्त्वाकांक्षा में ले जाता है, तो एक धार्मिक व्यक्ति राजनीतिक कैसे बन सकता है ?—चालक-बल ही नहीं है वहां। लेकिन कालावधि में एकाध बार ऐसा हुआ है अतीत में, और यह भविष्य में भी हो सकता है, इसलिए मुझे तुमसे यह कहने दो।

अतीत में यह सम्भव था क्योंकि दुनिया पर राजशाही का आधिपत्य था। भारत का अंतिम सम्राट, जिनसे अंगरेजों ने कब्जा लिया, एक कवि था—यही कारण था कि अंगरेज कब्जा ले सके—बहादुर शाह ज़फर, उर्दू का एक महानतम कवि। अब, यह सम्राट बनना एक कवि के लिए सम्भव नहीं है; यह मात्र सांयोगिक था कि वह एक सम्राट के पुत्र के रूप में पैदा हुआ था।

तो पुराने राजतंत्रीय दिनों में यह सम्भव था कि पश्चिमी गोलार्द्ध में रोमन सम्राट मार्कस एउरेलियस जैसा आदमी हो सका। वह एक धार्मिक आदमी था। लेकिन यह मात्र सांयोगिक था; मार्कस एउरेलियस आज एक राष्ट्रपति अथवा प्रधानमंत्री नहीं बन सकता क्योंकि वह वोट मांगता नहीं फिरेगा; वह भीख नहीं मांगेगा—किसलिए?

भारत में ऐसा कुछेक बार हुआ। अशोक, जो भारत के महान सम्राटों में एक था, एक धार्मिक आदमी था।

तो अतीत में यह सम्भव था राजतंत्र के कारण। लेकिन राजतंत्र के साथ मूर्ख भी बादशाह बने, पागल लोग भी बादशाह बने—सब कुछ सम्भव था। तो मैं राजतंत्र को सहारा नहीं दे रहा हूं, मैं केवल इतना कह रहा हूं की राजतंत्र के साथ यह सम्भव था धार्मिक व्यक्ति के लिए, संयोगवश, कि वह एक सम्राट बने।

भविष्य में, लोकतंत्र बहुत देर नहीं टिकने वाला है, क्योंकि वैज्ञानिक के सामने राजनीतिक अज्ञानी हो ही चुका है, वह वैज्ञानिक के हाथों में है।

भविष्य वैज्ञानिकों का है, राजनीतिकों का नहीं।

इसका मतलब कि हमें यह शब्द 'लोकतंत्र' बदलना पड़ेगा। मेरे पास उसके लिए एक शब्द है : 'गुणतंत्र'।

गुण निर्णायक तत्त्व होगा। नहीं कि तुम सब प्रकार के वायदों और आशाओं का प्रचार करते हुए वोट इकटट्ठे कर सकते हो, बल्कि तुम्हारा गुण, तुम्हारी वैज्ञानिक जगत् में असली शक्ति तय करेगी। और एक बार शासन वैज्ञानिकों के हाथों में आ जाता है तब सब कुछ सम्भव है, क्योंकि मैंने

विज्ञान को वस्तुपरक धर्म कहा है और धर्म को आत्मपरक विज्ञान।

एक बार यह वैज्ञानिकों के हाथों में आ जाए, दुनिया का मानचित्र भिन्न होगा; क्योंकि सोवियत वैज्ञानिकों और अमरीकी वैज्ञानिकों में क्या झगड़ा है? वे दोनों ही एक ही योजनाओं पर काम कर रहे हैं; वे साथ हों तो चीजें और भी जल्दी होंगी। यह नितांत मूढ़ता है कि सारी दुनिया में एक ही प्रयोग सारे राष्ट्रों में दोहराए जा रहे हैं। यह अविश्वसनीय है। ये सारे लोग साथ मिलकर चमत्कार कर सकते हैं। विभाजित, यह और भी खर्चीला हो जाता है।

उदाहरण के लिए, यदि अलबर्ट आइंस्टीन जर्मनी से न निकल भागा होता तो द्वितीय विश्व युद्ध किसने जीता होता? क्या तुम सोचते हो कि अमरीका और ब्रिटेन और रूस ने द्वितीय विश्व युद्ध जीता होता? नहीं। एक अकेले आदमी का जर्मनी से भाग निकलना, अलबर्ट आइंस्टीन के जर्मनी से भाग निकलने ने इतिहास का रूप बदल दिया। ये सारे नकली नाम : रूज़वेल्ट, चर्चिल, स्तालिन, हिटलर—इनका कुछ अर्थ नहीं है। उस आदमी ने सारी बात की, क्योंकि उसने अणुबम का निर्माण किया। उसने रूजवेल्ट को एक पत्र लिखा : ''अणु बम मेरे पास तैयार है और जब तक तुम उसका उपयोग न करो, युद्ध को रोकने का कोई उपाय नहीं है।''

उसने इसका अपने जीवन भर पश्चात्ताप किया, लेकिन वह अलग कहानी है...यही वह मात्र दूसरे पते पर भी लिख सकता था—रूजवेल्ट के बजाय अडोल्फ हिटलर को—और तब सारा इतिहास भिन्न होता, सर्वथा भिन्न।

भविष्य वैज्ञानिकों के हाथों में होने जा रहा है। यह बहुत दूर नहीं है।

अब, परमाणु बम हैं, राजनीतिक ऊपर नहीं बने रह सकते। वे इसके बारे में कुछ भी नहीं जानते, कखग भी नहीं।

देर-अबेर दुनिया उन लोगों के हाथों में होनेवाली है जिनके पास गुण है। पहले वह वैज्ञानिकों के हाथों में जाएगी। इसे तुम करीब-करीब भविष्योक्ति के रूप में ले सकते हो, कि दुनिया वैज्ञानिकों के हाथों में जानेवाली है। और तब एक नया आयाम खुलता है। देर-अबेर वैज्ञानिक ऋषि को, संत को आमंत्रित करनेवाला है, क्योंकि वह अकेले नहीं चला सकता।

वैज्ञानिक स्वयं को नहीं सम्भाल सकता। वह सब कुछ सम्भाल सकता है, लेकिन वह स्वयं को नहीं सम्भाल सकता। अलबर्ट आइंस्टीन को भले जगत् के सितारों का सब कुछ पता हो सकता है, लेकिन वह स्वयं अपने केंद्र के बारे में कुछ भी नहीं जानता।

भविष्य ऐसा होनेवाला है : राजनीतिक से वैज्ञानिक को, वैज्ञानिक से धार्मिक व्यक्ति को। लेकिन वह सर्वथा भिन्न प्रकार की दुनिया होगी। धार्मिक व्यक्ति चलकर नहीं मांग सकते...तुम्हें उनसे मांग करनी होगी। तुम्हें उनसे प्रार्थना करनी होगी। और यदि उन्हें लगता है कि तुम्हारी प्रार्थना में सचाई है, और आवश्यकता है वहां, वे संसार में काम कर सकते हैं। लेकिन याद रहे, उसमें राजनीति जरा भी न होगी।

तो मुझे दोहराने दो, राजनीतिक व्यक्ति धार्मिक हो सकता है यदि वह राजनीति छोड़ दे; अन्यथा वह असम्भव है।

धार्मिक व्यक्ति राजनीति का अंग बन सकता है यदि राजनीति अपना समूचा स्वभाव बदल ले; अन्यथा यह असम्भव है कि धार्मिक व्यक्ति राजनीति में हो। वह राजनीतिक नहीं हो सकता।

लेकिन जिस ढंग से चीजें चल रही हैं, यह सर्वथा पक्का है कि पहले दुनिया वैज्ञानिकों के हाथों में जाएगी, और अगले कदम में वह वैज्ञानिक से रहस्यदर्शी के पास जाएगी। और केवल रहस्यदर्शी के हाथों में तुम अपने-आप सुरक्षित होगे।

दुनिया सचमुच में स्वर्ग हो सकती है।

दरअसल, दूसरा कोई स्वर्ग नहीं है यदि एक हम यहीं नहीं बनाते।

दि रजनीश बाइबिल, भाग—अध्याय 15
(अंश)

पंडित-पुरोहित

एक प्राचीन कहानी : एक युवा शैतान अपने मालिक के पास दौड़ता हुआ आता है। वह कांप रहा था, और उसने बूढ़े शैतान से कहा, ''कुछ करना होगा तुरंत, क्योंकि पृथ्वी पर एक व्यक्ति सत्य को उपलब्ध हो गया है। और एक बार लोगों को सत्य का पता चल गया, तो फिर हमारे धंधे का क्या होगा?''

बूढ़ा शैतान हंसा, और उसने कहा, ''बैठ जाओ और आराम करो, कोई भी चिंता मत लो। सब प्रबंध हो चुका है। हमारे लोग वहां पहुंच चुके हैं।''

'लेकिन', उसने कहा, ''मैं वहां से आ रहा हूं। मैंने वहां एक भी शैतान नहीं देखा।''

बूढ़े शैतान ने कहा, ''पंडित-पुरोहित ही मेरे लोग हैं। उन्होंने उस व्यक्ति को घेर लिया है जिसने सत्य को जाना है। अब वे ही उस सत्य-पुरुष और भीड़ के बीच बिचौलिए हो जाएंगे। वे मंदिरों को बनाएंगे, वे शास्त्रों को लिखेंगे, वे व्याख्या करेंगे और सब बातों को विकृत कर देंगे। वे लोगों को पूजा करने के लिए, प्रार्थना करने के लिए कहेंगे। और इन सब चक्करों में, सत्य खो जाएगा। यह मेरा पुराना ढंग है जो सदैव कामयाब रहा है।''

पंडित-पुरोहित जो धर्म का प्रतिनिधित्व करते हैं, वे उसके मित्र नहीं हैं। वे उसके सबसे बड़े शत्रु हैं, क्योंकि धर्म को किन्हीं बिचौलियों की जरूरत नहीं होती, तुम्हारे और अस्तित्व के बीच सीधा सम्बंध है। सारा कुछ जो तुम्हें सीखना है वह है अस्तित्व की भाषा को समझना। तुम मनुष्य की भाषाएं जानते हो, लेकिन वे अस्तित्व की भाषाएं नहीं हैं।

अस्तित्व केवल एक ही भाषा जानता है : और वह है मौन की।

यदि तुम भी मौन हो सको तो तुम सत्य को, जीवन के अर्थ को और सब कुछ जो विद्यमान है उसकी सार्थकता को समझ सकोगे। और दूसरा कोई भी नहीं है जो इनकी व्याख्या तुम्हारे लिए कर सके।

प्रत्येक को इसे अपने लिए स्वयं ही प्राप्त करना होता है। तुम्हारे लिए कोई अन्य इस कार्य को नहीं कर सकता है—लेकिन यही है जो पंडित-पुरोहित शताब्दियों से करते रहे हैं। वे तुम्हारे और अस्तित्व के बीच चीन की दीवार की तरह खड़े हैं।

यदि लोग बिना किसी के नेतृत्व के, बिना किसी व्यक्ति के बताए कि क्या अच्छा है और क्या बुरा है, बिना किसी व्यक्ति द्वारा दिए गए नक्शों के जिनका उन्हें अनुसरण करना है, सत्य की तरफ बढ़ने लगें, तो लाखों-करोड़ों लोग इस अस्तित्व को समझने में समर्थ हो सकेंगे—क्योंकि हमारे हृदय की धड़कन ही जगत् के हृदय की धड़कन भी है, हमारा जीवन सम्पूर्ण के जीवन का ही एक अंश है।

हम अजनबी नहीं हैं, हम कहीं अन्यत्र से नहीं आ रहे हैं, हम अस्तित्व के भीतर ही पनप रहे हैं। हम इसके हिस्से हैं, इसके जरूरी हिस्से—सिर्फ हमें पर्याप्त मौन होना है ताकि हम उसे सुन सकें जो शब्दों में नहीं कहा जा सकता है : अस्तित्व का संगीत, अस्तित्व का महत उल्लास, अस्तित्व का सतत उत्सव।

एक बार यह हमारे हृदय में प्रवेश करने लगे, तो रूपांतरण आता है। और वही एकमात्र उपाय है कि कोई धार्मिक बनता है, न कि गिरजाघरों में जाने से जो कि मनुष्य द्वारा निर्मित किए गए हैं, न कि शास्त्रों के पढ़ने से जो कि मनुष्य द्वारा बनाए गए हैं।

लेकिन पंडित-पुरोहित दिखावा करते रहे हैं कि उनके पवित्र ग्रंथ ईश्वर द्वारा लिखे गए हैं। यह विचार ही मूर्खतापूर्ण है। जरा उन ग्रंथों में झांको, तुम्हें उनमें ईश्वर का कोई भी हस्ताक्षर नहीं मिलेगा।

प्रत्येक ग्रंथ में अंतर्निहित प्रमाण है कि वे मनुष्यों द्वारा लिखे गए हैं। और बहुत ही मूढ़ और आदिम मनुष्यों द्वारा।

शास्त्र मनुष्य-निर्मित हैं, ईश्वर का पद मनुष्य-निर्मित है, मंदिर और गिरजाघर मनुष्य-निर्मित हैं, लेकिन हजारों वर्षों के संस्कारों ने उन्हें एक पावनता और पवित्रता दे दी है। और पावन उनमें कुछ भी नहीं है, पवित्र उनमें कुछ भी नहीं है।

किसी और के बजाय पंडित-पुरोहित मनुष्य को सर्वाधिक धोखा देता

रहा है। संसार में यह सबसे बुरा धंधा है—वेश्याओं के धंधे से भी बुरा। कम-से-कम वेश्या बदले में तुम्हें कुछ तो देती है; पंडित-पुरोहित तुम्हें केवल गर्म हवा देते हैं। उनके पास तुम्हें देने के लिए कुछ भी नहीं है।

और यही सब कुछ नहीं है। जब भी किसी ने सत्य को जाना है, ये पंडित-पुरोहित उसके विरोध में हैं। स्पष्टतः, उन्हें होना ही पड़ेगा, क्योंकि यदि उसका सत्य लोगों द्वारा पहचाना गया तो दुनिया में लाखों-लाखों पंडित-पुरोहित बेरोजगार हो जाएंगे। और उनका रोजगार पूर्णरूपेण अनुत्पादक है। वे परजीवी हैं, वे लोगों का खून चूसे चले जाते हैं। बच्चा पैदा होने के क्षण से लेकर उसके कब्र में प्रवेश तक पंडित-पुरोहित ऐसे रास्ते खोजे जाता है। जिनसे उसका शोषण कर सके।

जब तक धर्म को इन पंडित-पुरोहितों के हाथों से स्वतंत्र नहीं कराया जाता, दुनिया बस एक मिथ्या-धर्म के साथ जीती रहेगी; वह कभी धार्मिक नहीं बन सकेगी।

और एक धार्मिक दुनिया इतनी दुखी नहीं हो सकती है; धार्मिक दुनिया को तो एक सतत उत्सव होना चाहिए।

धार्मिक मनुष्य विशुद्ध आनंद के सिवाय और कुछ भी नहीं है। उसका हृदय गीतों से भरा है। उसका सम्पूर्ण अस्तित्व किसी भी क्षण नृत्य के लिए उत्कंठित है।

लेकिन पंडित-पुरोहितों ने सत्य की खोज छीन ली है। वे कहते हैं, खोज की कोई जरूरत नहीं है, वह पहले ही पाया जा चुका है, तुमको तो बस विश्वास-भर करना है।

पंडित-पुरोहितों ने लोगों को दुखी बना दिया है, क्योंकि वे दुनिया के समस्त सुखों की निंदा करते हैं। वह इस दुनिया के सुखों की निंदा करता है, ताकि वह परलोक के सुखों की प्रशंसा कर सके।

परलोक उसकी एक कल्पना है। और वह चाहता है कि मनुष्यता उसकी कल्पित अवधारणा के लिए अपने यथार्थ का बलिदान कर दे—और लोगों ने बलिदान किया है।

पंडित-पुरोहित उन सबके दुश्मन हैं जो भी सत्य को प्रेम करते हैं, जो भी सत्य की खोज में हैं अथवा जिन्होंने सत्य को पा लिया है।

जितना ही तुम सत्य के निकट होगे उतना ही पंडित-पुरोहित तुम्हारा दुश्मन है। तुम उनके ग्राहकों को गड़बड़ कर रहे हो, तुम उनके व्यापार को गड़बड़ कर रहे हो। धर्म उनके लिए व्यापार है।

वे लड़ाई-झगड़े में बहुत कुशल हैं। उन्होंने अपने तर्कों को परिष्कृत कर लिया है। वे केवल तर्क करते हैं।

वे तुम्हें बाधा खड़ी कर सकते हैं, वे तुम्हें भटकाव में ले जा सकते हैं। तुम सत्य को नहीं जानते, न ही वे सत्य को जानते हैं, लेकिन वे तर्क जानते हैं।

कुतर्क एक वेश्या है। तर्क कुछ भी सिद्ध नहीं करते। थोड़े बेहतर तर्क और वे मिटाए जा सकते हैं।

यदि तुम्हारे पास अनुभूति नहीं है, तो झगड़े में, वाद-विवाद, कुतर्क में जाना खतरनाक है; क्योंकि तुम्हारे मन को, अनुभूति के अभाव में, तर्कों द्वारा कुछ ऐसी बात के लिए भी राजी किया जा सकता है जो सत्य न हो।

पहले अनुभूति प्राप्त करो—तब किसी भी तर्क से डरने की कोई जरूरत नहीं है, क्योंकि कोई भी तर्क तुम्हारी अनुभूति को झुठला नहीं सकता है। तुम्हारी अनुभूति में स्वयंसिद्धि की एक गुणवत्ता है।

पंडित-पुरोहित अतिशय विनम्र होने का दिखावा करते हैं; लेकिन वे बड़े प्रतिशोधपूर्ण हैं। और तुम देख सकते हो चारों तरफ संसार में, पंडित-पुरोहितों ने केवल एक ही काम किया है, उन्होंने युद्ध करवाए हैं—धार्मिक युद्ध—वे उन्हें धर्म-युद्ध कहते हैं। उन्होंने धर्म के नाम पर, प्रेम के नाम पर, सत्य के नाम पर अधिक लोगों को मारा है किसी अन्य के बजाय।

उनकी विनम्रता पाखंड है।

उनकी बदले की भावना सर्वविदित है।

हजारों वर्षों से वे मनुष्यों की एकता को नष्ट करते रहे हैं। पूरी मनुष्यता एक है, लेकिन पंडित-पुरोहित इसे नहीं होने देना चाहते हैं; क्योंकि यदि सम्पूर्ण मनुष्यता एक हो जाती है, ईसाई होने, या हिंदू अथवा मुसलमान होने के विशेषण गिर जाते हैं, तो पंडित-पुरोहित किंकर्तव्यविमूढ़ हो जाएंगे। यह उनका अच्छी रकम लानेवाला धंधा है—और वे कर कुछ भी नहीं रहे हैं। सिवाय विभिन्न धर्मों के बीच उपद्रव और दंगे करवाने के।

उनको स्पर्श भी मत करना! उनके संसर्ग में आनेमात्र से तुम प्रदूषित हो जाओगे। यह पृथ्वी पर सर्वाधिक घृणित और कुरूप धंधा है।

सभी उद्धारकों ने अनेक तरह के बंधन खड़े किए हैं। सच्चाई यह है कि कोई व्यक्ति किसी दूसरे व्यक्ति का उद्धार नहीं कर सकता है। कोई केवल अपना उद्धार कर सकता है, लेकिन यह दिखावा करना कि मैं उद्धारक हूं, बस मुझमें विश्वास करो और मैं तुम्हें मुक्त करूंगा, मैं मुक्तिदाता हूं—

एकमात्र सच्चा मुक्तिदाता—इन दिखावों ने कारागृह निर्मित किए हैं।

ये कारागृह आध्यात्मिक और मनोवैज्ञानिक हैं, इसी कारण तुम उन्हें नहीं देख पाते। अन्यथा तुम्हारा क्या मतलब है जब तुम कहते हो कि मैं ईसाई हूं अथवा मैं हिंदू हूं अथवा मैं बौद्ध हूं? इसका मतलब है कि मैं विश्वास करता हूं कि गौतम बुद्ध मेरे उद्धारक होनेवाले हैं, कि मैं बस जीसस क्राइस्ट के आने की और मेरा उद्धार करने की प्रतीक्षा कर रहा हूं।

तुमने स्वयं को रूपांतरित करने की सारी कोशिशें छोड़ दी हैं—जबकि वही एकमात्र रास्ता है किसी भी तरह के रूपांतरण का।

इन सब उद्धारकों ने केवल कारागार निर्मित किए हैं लोगों के लिए। और पंडित-पुरोहित उने मृत उद्धारकों का प्रतिनिधित्व किए चले जाते हैं।

ये पंडित-पुरोहित भी बंधन में हैं, लेकिन उनके बंधन से कम-से-कम उन्हें कुछ मिलता है। दूसरे जो बंधन में हैं वे सिर्फ प्रतीक्षा में अपना समय नष्ट कर रहे हैं। सब प्रतीक्षाएं उस 'गोडोट' की प्रतीक्षाएं हैं जो कभी नहीं आता।

प्रत्येक धर्म मनुष्य की महिमा को नष्ट करता है, उसे पापी कहता है। बजाय व्यक्ति को कोई गरिमा प्रदान करने के, बजाय उसे और सुंदर और सत्यनिष्ठ बनाने के उन्होंने सम्पूर्ण मनुष्यता को पापियों की भीड़ बना दिया है। और सारा कुछ जो तुम्हें करना है : "घुटनों के बल ऊपर चढ़ो, तुम पापियो।"

इसको वे पूजा कहते हैं, इसको वे प्रार्थना कहते हैं। यह आत्महत्या के अतिरिक्त कुछ भी नहीं है। यह अपने आप को अपनी नजरों में गिराना है, अपने आत्मसम्मान और महिमा को नष्ट करना है।

तुम अस्तित्व के सर्वोच्च विकास की कड़ी हो।

अस्तित्व ने आशाएं लगा रखी हैं और सपने संजो रखे हैं कि तुम चेतना के और-और ऊंचे शिखर साकार करोगे जगत् में।

अस्तित्व तुम्हारे भीतर सपने देखता है अतिमानव बनने का।

लेकिन इन पंडित-पुरोहितों ने अतिपापी पैदा कर दिए हैं।

क्या जरूरत है इन सब गिरजाघरों, मंदिरों और सिनागागों की? क्या यह सम्पूर्ण जगत, सम्पूर्ण विश्व एक सुंदर मंदिर नहीं है? रात में तारों से भरा हुआ आकाश, सूर्य के प्रकाश से भरा हुआ दिन, ये पक्षिओं का गाना, ये खिलते फूल—और अधिक सौंदर्य तुम क्या पैदा कर सकते हो?

यह विस्तार तुम्हारी स्वतंत्रता है।

किसी गिरजाघरों के भीतर मिथ्या आदर्शों में बंधे हुए तुम, एक कैदी के अलावा कुछ भी नहीं।

यह सम्पूर्ण जगत् परमात्मा का मंदिर है। और सारा कुछ जो जीवित है, दिव्यता के अतिरिक्त कुछ भी नहीं है।

सब कुछ पवित्र है, कुछ भी अपवित्र नहीं है।

ये द्वैत पंडित-पुरोहितों ने खड़ा कर दिया है।

पवित्र और अपवित्र के द्वैत ने तुम्हारे भीतर भी एक द्वैत पैदा कर दिया है—आत्मा और शरीर के बीच। इसने एक खंडित मानसिकतावाली मनुष्यता पैदा कर दी है—प्रत्येक व्यक्ति खंडित है।

जब तक कि तुम एक न हो जाओ, एक गहन संगति और सुमेल, तुम उस दिव्य संगीत को कभी न सुन सकोगे—जो एकमात्र प्रमाण है कि संसार बुरा नहीं है, कि संसार जीवंत है; केवल जीवंत ही नहीं बल्कि सचेतन, केवल सचेतन ही नहीं बल्कि सतत सृजनात्मक। ईसाई कहते हैं कि ईश्वर ने यह संसार छः दिनों में बनाया, और सातवें दिन, रविवार को उसने विश्राम किया—और वह अब भी विश्राम कर रहा है उसका सोमवार अभी तक नहीं आया।

यह संसार, यह विशाल जगत् जिसकी कोई सीमा नहीं है, सृजन की एक सतत प्रक्रिया है। इसका सृजन अभी भी चल रहा है। कौन कहता है। कि सृजन छः दिनों में पूरा हो गया था? और यह छः दिनों में क्यों पूरा हो? कुछ भी पूरा हुआ नहीं दिखाई देता। प्रत्येक वस्तु विकसित हो रही है; मनुष्य की प्रतिभा विकसित हो रही है, उसकी चेतना विकसित हो रही है।

उन छः दिनों में ईश्वर ने जरथुस्त्र को नहीं बनाया, गौतम बुद्ध को नहीं बनाया, जीसस क्राइस्ट को नहीं बनाया। ये उच्चतर विकास के कदम हैं।

तुम सिर्फ एक सेतु हो। तुम केवल हो नहीं, तुम होने की एक प्रक्रिया हो।

यह इतना बुद्धिसंगत दिखाई देता है, इतना प्रामाणिक रूप से सत्य कि मनुष्य एक होने की प्रक्रिया है।

कुछ भी जो पूर्ण हो जाता है, मृत हो जाता है, क्योंकि उसके विकसित होने की कोई सम्भावना न रही। उसने स्वयं को चुका लिया है; उसने स्वयं को पूर्णतः व्यय कर दिया है।

जीवन को होने की प्रक्रिया ही रहना चाहिए, होना नहीं। उसे उन्नतिशील

होते ही जाना है, आकाशों के पार आकाश छूते, चोटियों के पार चोटियां चढ़ते।

यदि ईश्वर संसार का रचयिता था तो इतना अधिक दुख क्यों है? तब क्यों लोग भूखों मर रहे हैं? क्या ईश्वर स्वयं के बनाए हुए जगत् को भूल गया है? यदि ईश्वर ने जगत् बनाया, तो वह इसका जिम्मेदार है; सब पापियों का, सब अपराधियों का—क्योंकि उसने ही अपराध के बीज पैदा किए, पाप के बीज पैदा किए। अन्यथा वे कहां से आएंगे—वही एकमात्र रचयिता है।

यदि एक आदमी किसी की हत्या करता है, कौन हत्या करने की इच्छा पैदा करता है? यदि एक आदमी किसी पर बलात्कार करता है, कौन बलात्कार करने की इच्छा पैदा करता है? फिर कौन इन आणविक हथियारों के लिए जिम्मेवार है? कौन अडोल्फ हिटलर और दूसरे विश्व युद्ध के लिए जिम्मेवार था? कौन दूसरे विश्व युद्ध में पांच करोड़ लोगों की मृत्यु के लिए जिम्मेवार था? और यदि तीसरा विश्व युद्ध होता है और इस सुंदर ग्रह से समस्त जीवन नष्ट हो जाता है तो कौन इसका जिम्मेवार होगा?

ईश्वर को जिम्मेवारी लेनी होगी। यदि वह बनानेवाला है, तो विध्वंसक भी वही है—वह निहितार्थ स्पष्ट है।

और फिर भी मूर्ख लोग ईश्वर की पूजा कर रहे हैं—वे वास्तव में उदात्त हैं। बहुत कुछ है जो उनकी पूजा में उदात्त है : उस ईश्वर की पूजा करना जो अपने ही सृजन को वंचित करता है—अदम और ईव को—बुद्धिमान होने से, शाश्वत जीवन पाने से। फिर भी पंडित-पुरोहित उसकी पूजा किए चले ही जाते हैं और लोग उन पंडित-पुरोहितों को अंध-अनुसरण किए चले जाते हैं।

ईश्वर के नाम पर अधिक लोग मारे गए हैं बजाय किसी और नाम के। विचित्र ईश्वर, विचित्र रचयिता, विचित्र उसके प्रतिनिधि जिनका कुल मिलाकर सारा काम मनुष्य को मारना है, मनुष्य को नष्ट करना है।

विचित्र हैं वे तथाकथित धार्मिक पंडित-पुरोहित जिनकी पूरी शिक्षा संसार के त्याग की है—और ईश्वर ने दुनिया बनाई। क्या तुम यह विरोधाभास नहीं देख सकते ? यदि ईश्वर संसार का रचयिता है तो संसार को त्यागना ईश्वर को त्यागना है।

जार्ज गुरजिएफ कहा करता था कि सभी धर्म ईश्वर के विरोध में हैं। वह कह रहा था कि वे ईश्वर के विरोध में हैं, क्योंकि वे सभी सिखाते हैं :

संसार को त्यागो। बेचारे ईश्वर ने छः दिन में संसार को बनाया और इतना थक गया कि अभी तक उसका सोमवार नहीं आया। वह दुबारा आसपास नहीं देखा गया। शायद उसने अपने को पूरी तरह थका लिया था और समाप्त हो गया : रविवार को वह सोने गया और फिर दुबारा कभी नहीं जगा। और ये लोग शिक्षा दिए जाते हैं कि संसार का त्याग करो। संसार का त्याग ईश्वर का त्याग है, क्योंकि यह उसका सृजन है।

वे मुक्त नहीं दिखाई देते।

तुम इन तथाकथित धर्मों के शिष्यों को देखो। जाओ और जैन मुनियों को देखो! उनकी आंखों में कोई प्रज्ञा नहीं दिखती, उनके चेहरों से महिमा और रोशनी नहीं झलकती। वे स्वयं को सता रहे हैं; वही उनका अनुशासन है। और यदि तुम स्वयं पर अत्याचार करोगे, तुम एक सुंदर फूल नहीं हो सकते।

और सारे धर्म...पोप को देखते हुए क्या तुम्हें लगता है कि वह कुछ दिव्यता रखता है, दिव्यता का कोई प्रभामंडल रखती है? पोप जो इनसे पूर्व था, एक समलैंगिक था। क्या समलैंगिकता दिव्य है? शायद, क्योंकि ईसाई-त्रयी भी समलैंगिकों की एक टोली लगती है : पिता-ईश्वर, पुत्र-ईश्वर और एक अजीब बंदा : पवित्र प्रेतात्मा—एक भी स्त्री नहीं।

सहस्त्राब्दियों में पोपों ने हजारों स्त्रियों को जिंदा जलाया है, उनको डाइनें बताते हुए। और उनके पास मापदंड क्या था कि वे तय करें कि कौन डाइन थी? अब कहीं कोई भी डाइनें नहीं हैं—अचानक ही प्रगट हुईं और अचानक ही गायब हो गईं। नहीं, कोई मापदंड नहीं था—कोई भी आदमी पोप को सूचना दे सकता था।

पोप ने एक विशेष न्यायालय नियुक्त किया। मात्र संदेह कि कोई स्त्री डाइन लगती है—कोई भी पुरुष संदेह करने के लिए योग्य था—कोई कारण नहीं पूछा जाता, स्त्री को तुरंत पकड़ लिया जाता और उसे दिनों तक इतना अधिक प्रताड़ित किया जाता—भूखा रखना, प्यासा रखना, मारना-पीटना—उन्होंने उत्पीड़न के लिए मशीनें ईजाद कीं—और अंततः उत्पीड़न से छुटकारे का यही एकमात्र उपाय दिखता, उसे स्वीकार करना पड़ता कि वह डाइन है। उसका कुबूल करना ही एकमात्र मापदंड था—और तुम किसी से भी कुबूल करवा सकते हो यदि तुम उसे पर्याप्त उत्पीड़न दो और उसे कोई अन्य रास्ता न हो बचने का। और वे उसे आदेश करते कि क्या उसे न्यायालय को बताना है : कि वह एक डाइन है और शैतान से उसके काम-सम्बंध हैं।

शैतान का अस्तित्व नहीं है, लेकिन स्त्री को न्यायालय में यह सब कहना पड़ता अन्यथा उत्पीड़न फिर से शुरू हो जाता। और एक बार उसने न्यायालय में स्वीकार कर लिया कि वह एक डाइन है और शैतान से उसके काम-सम्बंध हैं तो न्यायालय संतुष्ट हो जाता ? किसी दूसरे प्रमाण की कोई आवश्यकता न थी।

फैसला सरल था : स्त्री को जिंदा जलाना होगा नगर के बीचों-बीच, ताकि हर-एक देख सके कि शैतान के साथ काम-सम्बंध रखने का नतीजा क्या होता है।

हजारों स्त्रियां बस जला दी गईं। और ये पोप ही उसके लिए जिम्मेवार थे।

इन पोपों से कोई उल्लास, कोई आनंदमयता, कोई सृजनात्मकता, कोई मौन नहीं झलकता। हां, वे मूढ़तापूर्ण कृत्य किए चले जाते हैं : पृथ्वी को चूमना।

जब यह पोलक पोप यहां आया, दिल्ली हवाई अड्डे पर उसने पृथ्वी को चूमा। मैंने कहा "यह हिंदू धर्म का पहला स्वाद है, क्योंकि यहां पूरी धरती गाय के गोबर से भरी है, पवित्र गाय के गोबर से।" लेकिन पृथ्वी को चूमकर तुम केवल अपनी मूर्खता दिखाते हो, अन्य कुछ नहीं।

उनको दिखाना पड़ता है कि उनका उद्धार हो चुका है, कि वे जाग्रत हैं, कि वे मुक्त हैं। लेकिन मामला ऐसा है नहीं, वे अधिक-से-अधिक गुलामी में ही दिखाई पड़ते हैं।

वे दिखावा करने वाले लोग हैं। वे स्वंय को गड़रिया कहते हैं लेकिन हैं वे भेड़ों की भीड़ के ही हिस्से, क्योंकि वे एक सीधे-सीधे स्वाभाविक तथ्य से अवगत नहीं हैं कि भविष्य के लिए तमाम सेतु हैं। मनुष्य में इतनी सारी सम्भावनाएं हैं। वह इतने सारे विभिन्न प्रकार का नया मनुष्य बन सकता है। और हमें जरूरत होगी इस संसार में प्रत्येक नए मनुष्य के बेजोड़ होने की, ताकि विविधता, और सौंदर्य जो विविधता के कारण आता है, पृथ्वी पर जीवित रहें। यदि प्रत्येक व्यक्ति बिलकुल एक-सा हो जाए तो जीवन एक ऊब बन जाएगा।

पंडित-पुरोहितों ने मनुष्य के विकास को रोक दिया है, उसकी खुले आकाश की उड़ानों को हर तरह से बाधित कर दिया—उन्होंने स्वतंत्रता की अनुमति नहीं दी है।

तुम्हें सारी आवश्यकता इस बात की है कि सम्पूर्ण स्वतंत्रता के लिए

कोई उपाय खोज लो—सब प्रकार के मानसिक और आध्यात्मिक बंधनों से स्वतंत्रता—और तुम स्वयं ही स्वयं के उद्धारक बन जाओगे। और तुम उससे एक बहुत श्रेष्ठ मनुष्य होओगे जितने कि तुम्हारे सब उद्धारक रहे हैं।

जरथुस्त्रा : ए गॉड दैट कैन डांस -7 अप्रैल 1987, सायं
(अंश)

मनुष्य अपना दुश्मन स्वयं है

धर्मों ने मनुष्य की अखंडता को नष्ट कर दिया है। उन्होंने उसको खंडित कर दिया है—न केवल हिस्सों में बल्कि विरोधी हिस्सों में। मनुष्यता के खिलाफ महानतम अपराध धर्मों द्वारा किया गया है : उन्होंने मनुष्यता को खंडमना बना दिया है, उन्होंने हर-एक को खंडित व्यक्तित्व दे दिया है। यह बड़े चतुर और चालाक ढंग से किया गया है।

पहले, मनुष्य को कहा गया है, 'तुम शरीर नहीं हो', दूसरे, 'शरीर तुम्हारा दुश्मन है।' और यह तर्कपूर्ण निष्पत्ति थी : कि तुम दुनिया के हिस्से नहीं हो, और कि दुनिया तुम्हारी सजा के अतिरिक्त और कुछ भी नहीं है। तुम यहां सजा भोगने के लिए हो। तुम्हारा जीवन न हर्षोल्लास है, न हो सकता है; वह केवल एक मातम हो सकता है, वह केवल एक त्रासदी हो सकता है। पृथ्वी पर केवल दुख भोगना ही तुम्हारे हिस्से में है।

उन्हें ऐसा उस परमात्मा की प्रशंसा करने के लिए करना पड़ा, जो एक काव्यात्मक कल्पना है; उस स्वर्ग की प्रशंसा करने के लिए करना पड़ा, जो मानवीय लोभ का एक फैलाव है; और लोगों को उस नर्क से भयभीत करने के लिए करना पड़ा, जिसका अस्तित्व मानव-आत्मा के केंद्र में महान भय निर्मित करने के लिए है। इस ढंग से वे मनुष्य को दूर ले गए और काट-पीट डाला।

कोई भी धर्म इस सरल, प्राकृतिक एवं तथ्यात्मक घटना को नहीं स्वीकार करता कि मनुष्य एक इकाई है और यह दुनिया एक सजा नहीं है, और यह दुनिया मनुष्य से अलग नहीं है। मनुष्य इस दुनिया से वैसे ही बद्धमूल है जैसे वृक्ष बद्धमूल हैं। यह ग्रह, पृथ्वी, उसकी मां है।

सभी धर्मों ने पृथ्वी के साथ विश्वासघात किया है, उन्होंने स्वयं अपनी

मां के साथ विश्वासघात किया है, उन्होंने अपने ही जीवनस्त्रोत के साथ विश्वासघात किया है—उन्होंने पृथ्वी की निंदा की है, उन्होंने इसे त्यागने के पक्ष में तर्क किए हैं; त्याग पर उनका सतत जोर है।

लेकिन तुम अपनी प्रकृति का त्याग कैसे कर सकते हो? तुम ढोंग कर सकते हो, तुम एक पाखंडी बन सकते हो; तुम यहां तक मानने लग सकते हो कि तुम अब प्रकृति के हिस्से नहीं हो, लेकिन तुम्हारे महानतम संत भी प्रकृति पर निर्भर करते हैं, ठीक वैसे जैसे तुम्हारे महानतम पापी निर्भर करते हैं। उन्हें भोजन की जरूरत होती है, उन्हें पानी की जरूरत होती है, उन्हें हवा की जरूरत होती है। उनकी जरूरतें नहीं बदलतीं, उनका त्याग क्या है?

यह उनके भीतर एक खंडित मन निर्मित कर देता है। वे बिखर जाते हैं, टुकड़ों में, और ये टुकड़े सतत एक-दूसरे के साथ संघर्षरत हैं। यह मूल कारण है मनुष्य के दुख का, और यह लगभग एक सुस्थापित बात हो चुकी है क्योंकि लोग हजारों वर्षों से दुख उठाते रहे हैं। अब उन्होंने इसे मंजूर ही कर लिया है कि यही हमारा भाग्य है, यही हमारी किस्मत है, यही हमारी नियति है—इसके विपरीत कुछ किया नहीं जा सकता। असलियत यह है कि न तो यह हमारा भाग्य है, न हमारी नियति, यह हमारी मूर्खता है; यह हमारी बुद्धिहीनता है कि हम पंडित-पुरोहितों की सुनते रहे हैं, उनकी कल्पनाओं में यकीन करते रहे हैं।

निश्चित ही, वे कल्पनाएं पंडित-पुरोहितों के लिए बहुत लाभदायक हैं। मनुष्यता को टुकड़े-टुकड़े करके काटने में उन्हें तकलीफ नहीं हुई, क्योंकि ये कल्पनाएं उनके स्वार्थों का सम्पादन भलीभांति करती हैं। एक स्वस्थ और समूचा मनुष्य, एक टुकड़ों में अविभाजित मनुष्य पंडित-पुरोहितों द्वारा गुलाम नहीं बनाया जा सकता। केवल दुखी मनुष्य को प्रार्थना की जरूरत होती है—इस आशा में कि शायद ईश्वर उसकी मदद कर दे। ईश्वर के अस्तित्व के लिए मनुष्य को दुख में होना है। ईश्वर को और-और असलियत बनाने के लिए, मनुष्य को और-और खंडमना होते जाना है।

मनुष्य जितना अधिक दुख-दर्द में हो, उतनी ही आसानी से वह प्रार्थना करने के लिए, धार्मिक अनुष्ठानों के लिए राजी किया जा सकता है, क्योंकि वह दुख से छुटकारा पाना चाहता है। वह उद्धारकों, ईश्वर के पैगम्बरों, दूतों के बारे में राजी किया जा सकता है। लेकिन एक व्यक्ति जो आनंदपूर्ण होकर जी रहा है, एक उल्लास का जीवन जी रहा है, उसे किसी ईश्वर की आवश्यकता नहीं। एक व्यक्ति जो जीवन को जी रहा है, उसे किसी प्रार्थना

की जरूरत नहीं है। यह मनुष्य के मन की बीमार-दशा है जिसकी पंडित-पुरोहितों और उनके धंधे को सख्त जरूरत है।

एक अखंडित मनुष्य खोजना इतना कठिन है; हर आदमी बस टुकड़ा टुकड़ा है। कोई व्यक्ति आध्यात्मिक—वह अपने शरीर का अस्वीकार करता है; कोई व्यक्ति भौतिकवादी है—वह अपनी आत्मा का अस्वीकार करता है। आध्यात्मिक न केवल अपने शरीर का अस्वीकार करता है, वह मन को भी अस्वीकार करता है।

सारे धर्म-विज्ञान बड़े ईर्ष्यालु हैं और बड़े एकाधिपत्यवादी हैं। अमरीका में, पिछली शताब्दी के अंत में, ईसाई विज्ञान' नामक एक बड़ा धार्मिक आंदोलन था। वे केवल आत्मा में विश्वास करते थे। बाकी सब कुछ केवल भ्रम है; बस तुम्हारे विचारमात्र, उनमें कोई यथार्थता नहीं। उनके अपने चर्च थे जहां वे अपने महान दर्शन पर तर्क-वितर्क करने के लिए इकट्ठे होते थे।

लोग हैं जो शरीर के अस्तित्व तक का अस्वीकार करते हैं। लोग हैं जो मन के अस्तित्व का अस्वीकार करते हैं। और ऐसे लोग भी हैं जो आत्मा के अस्तित्व का अस्वीकार करते हैं; वे कहते हैं कि केवल शरीर ही सत्य है, शेष सब कल्पना है। ये सारे लोग—आध्यात्मिक, भौतिकवादी—एक बात पर राजी हैं : कि वे मनुष्य को स्वाभाविक नहीं रहने देंगे, एक सावयव इकाई नहीं रहने देंगे। कुछ छोड़ना ही है। लेकिन जिसे तुम छोड़ते हो वह तुम्हारे चारों ओर घिरा रहता है; वह तुम्हारा अंग है। तुम सतत दोहराने से—शताब्दियों तक दोहराने से—ऐसा मानने के लिए स्वयं को राजी कर सकते हो, लेकिन तुम्हारी मान्यता स्वभाव के अनुकूल नहीं है, परिणाम दुख ही होगा।

सारी मनुष्यता दुख झेल रही है; और विस्मयजनक घटना यह है कि मनुष्यता का दुख उन धार्मिक अवधारणाओं के कारण है जो मनुष्य को स्वाभाविक रूप से विकसित नहीं होने देतीं, स्वाभाविक रूप से जीने नहीं देतीं, स्वाभाविक रूप से प्रेम नहीं करने देतीं। और फिर जब पीड़ा आती है, तो वे कहते हैं, देखो! क्या हम तुम्हें बता नहीं रहे थे कि यह पृथ्वी सजा के अलावा और कुछ नहीं है।

यह एक बहुत चालबाज योजना है। पहले तुम दुख निर्मित करो, और फिर तुम उस दुख को इस अवधारणा के समर्थन में एक तर्क की तरह उपयोग करो कि तुम पैदा ही पाप में हुए हो, और तुम्हारा स्वर्ग में न होकर पृथ्वी पर होना एक सजा है।

क्योंकि अदम और ईव ने परमात्मा में यकीन न किया, तुम दुख उठा रहे हो। यह एक अनोखा तर्क है। यदि अदम और ईव ने परमात्मा की आज्ञा का उल्लंघन भी किया, वह कोई इतना बड़ा पाप न था—उन्होंने बस एक सेब ही खाया था। उनके वह एक सेब खाने के कारण—और हम नहीं जानते कि अदम और ईव कभी हुए भी थे या नहीं—हजारों वर्ष बाद तुम दुख उठा रहे हो, क्योंकि तुम उनकी ही विरासत लेकर चल रहे हो। तुम वंशानुक्रम में हो, और तुम्हारे आदिपुरुष पापी थे, इसलिए तुम भी पापी हो। और जीवन का दुख इसे सिद्ध करता है—अन्यथा, इतना दुख क्यों है?

धर्म बड़े चालबाज रहे हैं, पंडित-पुरोहित बड़े अमानवीय रहे हैं। उन्होंने मनुष्य को स्वयं के ही खिलाफ विभाजित कर दिया है। स्वयं से लड़ते हुए वह दुख उठाता है।

एक समग्र मनुष्य खोज पाना बहुत कठिन बात है।

समग्र मानव अतिमानव होगा, समग्र मानव सर्वोच्च आनंदित मानव होगा, समग्र मानव को वे समस्त वरदान उपलब्ध होंगे जो यह पृथ्वी उस पर बरसाने में समर्थ है। लेकिन वे केवल समग्र मनुष्य को ही उपलब्ध हो सकते हैं।

समग्र मानव क्यों आनंदित हो सकता है? क्योंकि समग्र मानव समग्रता से जीता है, उत्कटता से जीता है; हर क्षण से वह जीवन-रस निचोड़ता है। उसका जीवन एक नृत्य है, उसका जीवन एक उत्सव है।

और अचानक जब तुम्हारा जीवन एक उत्सव बन जाता है, तुम यह नहीं मान सकते कि यह एक सजा है। तब तुम पंडित-पुरोहितों के झूठों के आरपार देख सकते हो; तब तुम्हें स्वर्ग की जरूरत नहीं रह जाती क्योंकि वह तुम्हें उपलब्ध है, अभी और यहीं। तुम्हें उसे सुदूर भविष्य में, मरणोपरांत में स्थगित करने की जरूरत नहीं है।

हम जिसे मानवता कहते हैं वह एक कत्लगाह है।

हर व्यक्ति किसी-न-किसी रूप में नष्ट किया गया है; हर व्यक्ति विकसित होने से रोक दिया गया है। हर व्यक्ति कुछ उससे चूक रहा है जिसकी नितांत जरूरत है, और जिसे पाना उसका जन्मसिद्ध अधिकार था। ये निंदक—और हर पंडित-पुरोहित निंदक है—किसी को आनंदित नहीं देख सकते, किसी को हर्षोल्लासमय नहीं देख सकते। वे तत्क्षण उस पर लौट पड़ते हैं और उसके उल्लास की, उसके सुख की निंदा करने लगते हैं। और उन्होंने लोगों का सुख कैसे नष्ट किया जाए इसके लिए महान तर्क विकसित

किए हैं।

उनका सबसे बड़ा तर्क यह है कि यह जीवन बहुत छोटा है, और सुख बहुत क्षणभंगुर है, सतत परिवर्तनशील; उसके द्वारा धोखा मत खाओ। क्योंकि यदि तुम धोखे में पड़ गए तो तुम स्वर्ग की शाश्वत आनंदमयता से चूक जाओगे।

स्वभावतः बाजी बहुत भारी है। मात्र तुम्हारी सुबह की चाय का मजा लेने के बदले तुम स्वर्ग में अपना शाश्वत आनंद न खोना चाहोगे। यह जीवन छोटे-छोटे सुखों से बना है, और यदि वे सारे सुख इकट्ठे कर दिए जाएं, तुम्हारा जीवन अपने-आप में सुख बन जाता है। व्यक्ति को बड़े सुखों की जरूरत नहीं है। उनके स्वर्ग और उसकी शाश्वत आनंदमयता केवल कविता है; क्योंकि किसी ने कभी उसे देखा नहीं है, कोई कभी लौटकर नहीं आया है जिसने कहा हो, 'हां, मैं चश्मदीद गवाह हूं।'

काल्पनिक परमात्माओं के नाम पर, काल्पनिक सुखों के नाम पर, जो असलियत है उसे विनष्ट कर दिया गया है।

यही केवल आशा है कि किसी दिन मनुष्य समझेगा—कब तक वह पंडित-पुरोहितों द्वारा निर्मित कारागृहों में रह सकता है? वे उन्हें मंदिर, मस्जिद, चर्च कह सकते हैं; इससे फर्क नहीं पड़ता कि वे अपने कारागृहों को क्या नाम देते हैं। यह इतना दुखद है मनुष्यों को पशुओं की तरह नामपत्र लगे देखना; कोई एक हिंदू है, कोई एक मुसलमान है, कोई एक ईसाई है।

तुम पृथ्वी पर सब तरफ घूम आओ, एक मनुष्य भी ऐसा खोज पाना कठिन है जिस पर मोहर न लगा दी गई हो, जो अभी भी जन-समूह से स्वतंत्र हो, जो अभी भी भीड़ से स्वतंत्र हो, जो अभी भी स्वयं हो; और जो एक अकेली पूर्ण इकाई हो, और जो अपने स्वभाव के अनुकूल निर्भयतापूर्वक जी रहा हो।

स्वभाव के अतिरिक्त अन्य कोई धर्म नहीं है। और तुम्हें सीखना नहीं है कि स्वभाव क्या है। जब तुम्हें प्यास महसूस होती है, तुम जानते हो कि तुम्हें पानी की जरूरत है। जब तुम्हें भूख महसूस होती है, तुम जानते हो कि तुम्हें भोजन की जरूरत है। तुम्हारा स्वभाव सतत तुम्हारा मार्गदर्शन करता है।

स्वभाव के अतिरिक्त अन्य कोई मार्गदर्शक नहीं है। शेष सारे मार्गदर्शक अ-मार्गदर्शक हैं। वे तुम्हें स्वाभाविक राह से दूर ले जाते हैं। और एक बार तुम अपनी स्वाभाविक राह से हटे, दुख प्रारम्भ हो जाता है। और तुम्हारा दुख

उनकी प्रसन्नता है, क्योंकि केवल दुखी ही गिरजाघरों में जाते हैं, केवल दुखी ही मंदिरों में जाते हैं।

जब तुम आनंदित और उल्लसित अनुभव कर रहे होते हो, युवा और स्वस्थ, कौन फिक्र करता है गिरजाघरों की? जीवन इतना समृद्ध है, और जीवन ऐसा उल्लास है, कौन उन कब्रगाहों में प्रवेश करना चाहता है?—जहां उदासी को गम्भीरता समझा जाता है, जहां लम्बे चेहरों को धार्मिक माना जाता है; जहां हंसी फूटने पर तुम्हारी निंदा की जाएगी पागल कहकर; जहां नृत्य स्वीकृत नहीं है; जहां प्रेम का निषेध है; जहां तुम्हें मुर्दा शब्दों को सुनते हुए चुप बैठना होगा जो इतने पुराने और धूल-धवांस से भरे हैं कि वे तुम्हारे हृदय का स्पर्श नहीं करते, वे तुम्हारे प्राणों में कोई रोमांच नहीं पैदा करते। लेकिन इन गिरजाघरों और मंदिरों और मस्जिदों ने मनुष्य पर आधिपत्य किया हुआ है।

यह सदा-सदा के लिए नहीं चल सकता। किसी दिन मनुष्य की बुद्धि विद्रोह करनेवाली है।

विद्रोह ही एकमात्र आशा है। किसी दिन मनुष्य इन तथाकथित परमात्मा के घरों को नष्ट करनेवाला है। क्योंकि यह ग्रह, यह सितारों से भरा हुआ आसमान ही एकमात्र मंदिर है—शेष अन्य मंदिर मनुष्य के निर्माण हैं। और यह जीवन वृक्षों में, पशुओं में, मनुष्यों में ही एकमात्र जीवित परमात्मा है।

परमात्मा जो मंदिरों में बैठे हैं वे मनुष्य के उत्पादन हैं। यह बड़ा अजीब है कि ये धर्म कहे चले जाते हैं कि परमात्मा ने दुनिया बनाई, लेकिन उनके परमात्मा मनुष्यों द्वारा बनाए गए हैं। वे कहते हैं, "परमात्मा ने मनुष्य को अपने जैसा बनाया। उसने मनुष्य को अपनी ही छवि में बनाया।"

असलियत इससे ठीक विपरीत है : मनुष्य ने परमात्मा को अपनी छवि में बनाया है। यही कारण है कि चीनियों का परमात्मा हिंदुओं के परमात्मा से भिन्न होगा; अफ्रीकी परमात्मा यूरोप के परमात्मा से बिलकुल अलग होगा—क्योंकि लोग परमात्मा को अपनी छवि में बना रहे हैं। और यह मूर्खता अपनी चरम सीमा पर पहुंचती है : तुम उन छवियों को बनाओ और फिर उनके सामने घुटने टेको। क्या तुम इससे बढ़कर किसी और मूर्खतापूर्ण बात की कल्पना कर सकते हो? और तब तुम प्रार्थना करना शुरू कर देते हो।

बच्चे क्षमा किए जा सकते हैं; उन्हें अपने खिलौनों से प्रेम होता है, उन्हें अपने गुड़ियों-गुड्डों से प्रेम होता है। लेकिन तुम बड़े नहीं हुए, तुम्हें भी अपने गुड़ियों-गुड्डों से प्रेम है। तुम्हारे गुड़िए-गुड्डे तुम्हारे मंदिरों में

हैं, तुम्हारे गिरजाघरों में हैं, तुम्हारे सिनागागों में हैं—लेकिन हैं वे गुड़िए गुड्डे ही, वे भी उसी काम आते हैं।

बच्चा गुड्डे-गुड़ियों के बिना अकेला महसूस करता है। कुछ दिनों पहले एक छोटा बच्चा यहां था—उसकी मां एक संन्यासिनी है, अमृतो, ग्रीस की—और जब मैं ग्रीस में था, तो उसकी मुझसे बड़ी मित्रता हो गई थी। वह मेरे लिए एक टेडी बियर ले आया! और उसने अपनी मां से कहा, "मैं भारत से जाऊंगा नहीं जब तक यह टेडी बियर भगवान को न दे दें, क्योंकि वह अकेले रहते हैं, उन्हें कोई साथी होना चाहिए।"

तुम्हारे सारे परमात्मा क्या हैं? सांत्वनाएं, क्योंकि तुम भीड़ में भी अकेला महसूस करते हो। तुम आसमान में एक टेडी बियर (गुड्डा) चाहते हो, एक शाश्वत टेडी बियर (गुड्डा) जो सदा तुम्हारे साथ होगा। वह सर्वज्ञ है, सर्वव्यापी है, सर्वशक्तिमान—वह कुछ भी कर सकता है। यह मात्र एक सांत्वना है। लोग जो परमात्मा में यकीन करते हैं उन्होंने स्वयं को प्रौढ़ नहीं होने दिया है, वे अपने मनोविज्ञान में कुंठित रह गए हैं, अन्यथा परमात्मा की कोई जरूरत न होती।

जीवन स्वयं अपने में पर्याप्त है। और वह इतना सुंदर है, इतना गीतों से, पुष्पों से, उड़ते पक्षियों से भरा हुआ है—वह विकसित होने और स्वयं होने की आत्यंतिक स्वतंत्रता है। वह तुम्हें दस आदेश नहीं देता, वह तुम्हें स्वीकृत करता है जैसे तुम हो। वह इस बात का बड़ा बतंगड़ नहीं बनाता कि तुम्हें कैसा होना चाहिए; सब कुछ जो जीवित है, उसके लिए उसका प्रेम और समादर बेशर्त है।

किस बात के लिए तुम्हें तुम्हारे परमात्माओं की जरूरत है? क्योंकि तुम दुख में हो। तो यह संरचना है : लोगों को आनंदित मत होने दो, अन्यथा धर्म विदा हो जाएंगे।

बर्ट्रंड रसल ने अपनी महान अंतर्दृष्टियों में से एक में कहा है, "यदि सारी दुनिया आनंदित हो जाए, मैं दावा करता हूं कि कोई धर्म न बचेगा।" और जो वह कह रहा है उसमें महान सचाई है। धर्म चाहते हैं कि लोग गरीब रहें, बीमार रहें, दुखी रहें, सदा परेशानी में रहें। तब स्वभावतः वे कमजोर हो जाते हैं, और उन्हें कुछ सहारे की जरूरत होती है, और पंडित-पुरोहित तैयार हैं सहारा देने के लिए। वह तैयार है परमात्मा को खबर करने के लिए कि इस व्यक्ति को तुम्हारी करुणा की जरूरत है—यद्यपि कोई प्रार्थना कभी सभी सुनी गई नहीं लगती।

लेकिन पंडित-पुरोहित बड़े चालाक हैं। वे कहते हैं, "तुम्हारी प्रार्थनाएं नहीं सुनी गईं क्योंकि तुम उस योग्य नहीं। तुम उसके पात्र नहीं। तुम सब पापी हो। तुम धर्म के विरुद्ध आचरण कर रहे हो।" और यह करीब-करीब असम्भव है कि किसी-न-किसी प्रकार का पाप किए बिना रहा जा सके।

उन्होंने मनुष्य के लिए सब बातें असम्भव बना दी हैं, तो हर व्यक्ति अयोग्य है। और स्वभावतः यदि तुम अयोग्य हो...तुम्हारी इच्छाएं, तुम्हारी लालसाएं हैं—सबकी निंदा है। तुम्हारे पास जैविकी है; तुम जैविकी से ही पैदा हुए हो, तुम्हारी प्रत्येक कोशिकाएं कुछ और नहीं बस काम-ऊर्जा हैं; तुम किसी को प्रेम करना चाहोगे ही, लेकिन सारे धर्म इसके खिलाफ हैं—प्रेम और तुम्हारा नर्क सुनिश्चित है! लेकिन तुम्हारी जैविकी तुम्हें प्रेम करने के लिए विवश करती है; तो तुम आधे-मन से प्रेम करते हो, भयपूर्वक, हृदय में गहरी उदासी लिए, जानते हुए कि तुम एक पाप कर रहे हो। स्वभावतः, तुम प्रेम का आनंद नहीं ले सकते। और क्योंकि तुम आनंद नहीं ले सकते, तुम्हें और-और चाहिए; और क्योंकि तुम्हें और-और चाहिए, तुम और बड़े पापी बनते जाते हो। तो तुम किसी को भी कह सकते हो, उसके जीवनवृत्त में झांके बिना भी, कि वह अयोग्य है, यही कारण है कि उसकी प्रार्थना सुनी नहीं गई है।

यथार्थ यह है कि वहां कोई सुनने के लिए है ही नहीं। यथार्थ यह है कि वहां कोई जवाब देने के लिए है ही नहीं। यथार्थ यह है कि जो आदमी प्रार्थना कर रहा है वह कहीं मनोवैज्ञानिक तल पर अटका रह गया है।

दूसरे विश्व युद्ध के बाद उन्होंने सैनिकों की मानसिक आयु जानना चाहा, क्योंकि तब तक मनस्विद मेधा मापने में काफी कुशल हो चुके थे। वे सदमे में रह गए। उन्होंने कभी सोचा न था कि ये नतीजे हाथ आएंगे। सैनिकों की औसत मानसिक आयु तेरह वर्ष थी! और वे सैनिक किसी और की बजाय ज्यादा मंदबुद्धि नहीं हैं।

तो ऐसा लगता है कि शरीर बढ़ता जाता है—निश्चित ही बूढ़ेपन की ओर—और मस्तिष्क तेरह अथवा चौदह की आयु पर रुक जाता है। तो तुम अस्सी वर्ष के हो सकते हो, लेकिन जब तुम किसी परमात्मा के समक्ष घुटने टेक रहे होते हो तो तुम बस एक तेरह वर्ष के बच्चे हो। यद्यपि तुम अपने शरीर से झुक रहे हो—वही तुम्हारा मनोविज्ञान भी है।

धर्मों ने बहुत नुकसान पहुंचाया है। किसी ने फिक्र नहीं की है कि मानसिक आयु क्यों तेरह अथवा चौदह पर रुक जाती है। यह इतना आसान

है : यही वह समय है जब लड़कों और लड़कियों की काम-ऊर्जा प्रौढ़ होती है, जैविकी को उससे अधिक मेधा की जरूरत नहीं है।

जब तक तुम स्वयं और प्रयास न करो, तुम्हारी मानसिक आयु चौदह पर, तेरह पर हो रही आएगी। जैविकी अपनी पूर्णता को उपलब्ध हो गई। कामुक रूप से तुम प्रौढ़ हो चुके, इतनी मेधा पर्याप्त है प्रजनन के लिए। यदि तुम और मेधा चाहते हो तो तुम्हें उसके लिए प्रयास करने होंगे, तो तुम्हें ध्यान करना होगा, तो तुम्हें अपनी मेधा पर धार रखनी होगी।

लेकिन सभी धर्म चाहते हैं कि तुम कभी मेधावान न बनो, क्योंकि उनकी शिक्षा विश्वास करने की है। विश्वास करनेवाले को किसी मेधा की जरूरत नहीं होती। जब तक तुम संदेह करना न सीखो, तुम्हारी मेधा बढ़ेगी नहीं, क्योंकि संदेह का अर्थ है खोज; विश्वास का अर्थ है किसी खोज की कोई जरूरत नहीं है।

मनुष्य पर थोपी गई विश्वास-प्रणाली के कारण उसकी मानसिक आयु चौदह वर्ष बनी रही है, और ये चौदह वर्षीय लोग ईसाई हैं, हिंदू हैं, मुसलमान हैं। यदि उनकी मेधा का उच्चतर विकास हो, वे देखना शुरू कर देंगे कि जिसे वे धर्म समझते थे वह अंधविश्वास के अलावा अन्य कुछ नहीं। यदि उनकी मेधा विकसित होती चली ही जाए, वे परमात्मा के बारे में, स्वर्ग के बारे में, नर्क के बारे में संदेह करने लगेंगे; वे पंडित-पुरोहित और उसकी धार्मिकता के सम्बंध में संदेह करने लगेंगे, वे सब कुछ पर प्रश्नचिन्ह लगाना शुरू कर देंगे। और धर्मों के पास उत्तर नहीं हैं।

अभी-अभी मैंने तुमसे कहा, जैन धर्म की मान्यता है कि अस्वाद उनके धर्म का एक मौलिक तत्त्व है। मैंने एक जैन-साधु से पूछा, "यदि अस्वाद तुम्हारे धर्म का एक मौलिक तत्त्व है, तो प्रकृति द्वारा मनुष्य को स्वाद-ग्रंथियां क्यों प्रदान की गई हैं? प्रकृति अनावश्यक रूप से कुछ भी नहीं देती।"

बौद्ध भिक्षु को सामने केवल चार फीट दूरी तक देखते हुए चलना होता है। वह उससे अधिक नहीं देख सकता, वह अपना सिर उन्नत नहीं रख सकता, क्योंकि कोई सुंदर स्त्री दिखाई पड़ सकती है—वह है समस्या। केवल चार फीट सामने देखते हुए ज्यादा-से-ज्यादा उसे किसी स्त्री के पांव दिखाई पड़ सकते हैं; लेकिन स्त्री का चेहरा नहीं।

लेकिन यदि पुरुष और स्त्री के बीच प्रेम कुछ गलत बात है, तो प्रकृति ने वह चाहत दी ही क्यों?—कोई भी बद्धिमान व्यक्ति पूछने ही वाला है। बुद्ध तक पैदा नहीं होते। यह अच्छी बात है कि बुद्ध के पिता बौद्ध भिक्षु

नहीं थे। अन्यथा हम इन सभी महान लोगों से चूक गए होते।

प्रकृति प्रजनन करना चाहती है—नया जीवन, नए रूप; बेहतर जीवन, बेहतर रूप। प्रकृति क्रमविकास की सतत प्रक्रिया है। लेकिन धर्म खिलाफ हैं—क्योंकि जितना विकसित कोई व्यक्ति होगा उतनी ही कम सम्भावना है उसके धार्मिक मूढ़ताओं का शिकार होने की।

यदि मेधा बढ़ती है, मंदिर खाली होंगे, लेकिन जीवन महत अर्थपूर्ण होगी।

जरथुस्त्रा : दि लॉफिंग प्रॉफेट—10 अप्रैल 1987, प्रातः
(अंश)

भविष्य का एक इतिहास

भगवान,

हम एक पुस्तक लिख रहे हैं जिसका नाम है, 'भविष्य का एक इतिहास'। क्योंकि मानव-जाति और इस ग्रह के बारे में आपकी दृष्टि बहुत विशिष्ट है, हम यह पूछने में आनंदित हो रहे हैं कि आपकी दृष्टि में मनुष्य को भविष्य में किन स्थितियों से गुजरना होगा और वह उनमें से कैसे गुजरेगा?

पहली बात याद रखने की है भविष्य के बारे में मेरी दृष्टिकोण कि सभी भविष्यवाणियां सिर्फ अनुमान हैं। भविष्य सदैव अनजाना रहता है और अनोखे मोड़ लेता है जिनकी कभी किसी ने कल्पना भी न की होती।

इसके अलावा, जीवन के प्रति मेरा दृष्टिकोण है कि भूत और भविष्य की चिंता नहीं लेनी है। भूत अब है नहीं, भविष्य अभी आया नहीं—और जो कुछ भी हमारे हाथ में है वह है यह क्षण। अतीत मृत है और भविष्य अभी जन्मा नहीं है।

यह दृष्टिकोण ध्यान में रखते हुए, मैं कुछ कहना चाहूंगा।

प्रथम, पूरी सम्भावना यह है कि जहां तक जीवन का सम्बंध है, कोई भविष्य न होगा। हम मृत्यु की आखिरी डगर के नजदीक आ रहे हैं। इस तथ्य को स्वीकार करना दुखद है, लेकिन शुभ है इसको स्वीकार कर लेना, क्योंकि तब वहां एक सम्भावना है कोई दूसरा मोड़ लेने की। जिस प्रकार घटनाएं आज घट रही हैं, उनका तार्किक निष्कर्ष है—एक सार्वभौम आत्मघात।

केवल एक ही आशा है : कि जीवन तर्क का अनुसरण नहीं करता है, वह विसंगतिपूर्ण है। यदि वह संगतिपूर्ण होता, गणितीय और तार्किक होता, तब तुम पृथ्वी पर जीवन को बीस वर्षों से अधिक नहीं दे सकते।

कारण पांच हैं :

पहला, आणविक हथियारों का अम्बार प्रतिदिन बढ़ रहा है। पहले ही हमारे पास इतनी आणविक शक्ति है कि पूरी पृथ्वी सात बार नष्ट की जा सकती है। और इससे तुम्हें मनुष्य का पागलपन पता चलेगा : कि अब क्या औचित्य है और-और आणविक हथियारों का अम्बार बढ़ाए जाने का?

प्रत्येक व्यक्ति जीसस क्राइस्ट नहीं है और प्रत्येक व्यक्ति दुबारा और दुबारा और दुबारा—सात बार—पुनर्जीवित नहीं होनेवाला है। सत्य तो यह है कि जीसस भी कभी पुनर्जीवित नहीं हुए थे, क्योंकि प्रथमत: तो वे मरे ही नहीं थे।

दूसरी समस्या है : जनसंख्या-वृद्धि की भयंकर रफ्तार। इस सदी के अंत तक सात अरब लोग होंगे इस पृथ्वी पर। और पृथ्वी को इतनी बुरी तरह शोषित किया गया है कि यह इतनी अधिक जनसंख्या नहीं सम्भाल सकती है। पचास प्रतिशत जनसंख्या को बस भूख से मरना है।

राजनीतिकों द्वारा जनसंख्या-वृद्धि को रोकने की कोई कोशिश नहीं की जा रही है।

तीसरी समस्या है एड्स की बीमारी, जो कि दावानल की भांति फैल रही है। और कोई सम्भावना नहीं दिखाई पड़ती, कम-से-कम आने वाले 20 वर्षों तक, इसका पक्का उपचार खोजे जाने की। वैज्ञानिकों को कमोबेश रूप से पक्का है कि इसका कोई इलाज नहीं है।

लेकिन कोई भी देश ब्रह्मचर्य को अपराध घोषित नहीं कर रहा है, ब्रह्मचर्य एड्स बीमारी का कारण है। ये मठवासी, सैनिक और विद्यार्थी हैं, जो स्त्रियों से अलग रहते हैं, जो समलैंगिक हो जाते हैं, और समलैंगिकता ने ही इस बीमारी को जन्म दिया है। लेकिन समलैंगिकता केवल एक लक्षण है, असली समस्या तो ब्रह्मचर्य है।

सभी धर्म इससे पीड़ित हैं, क्योंकि वे सभी ब्रह्मचर्य की शिक्षा देते हैं। लेकिन कोई भी धर्म इसको स्वीकार करने को तैयार नहीं है, और जब भी तुम दुश्मन को स्वीकार नहीं करते, तुम दुश्मन को अधिक-से-अधिक शक्ति दे रहे हो। इसको पहचानो, ताकि तुम दुश्मन से लड़ने के उपाय खोज सको।

चौथी बड़ी समस्या जिसका मनुष्य को अगले बीस वर्षों में सामना करना है, वह है पर्याजैविकी (इकॉलॉजी) का ढह जाना। अनेक तरीकों से, मूर्च्छित कि कैसे हम अपने ही जीवन के स्रोतों को नष्ट कर रहे हैं—जीवन को जरूरत होती है एक संतुलित पर्याजैविकी (इकॉलॉजी) की, वह संतुलन बाधित हो रहा है।

और ऐसा नहीं है कि पर्याजैविकी (इकॉलॉजी) सिर्फ एक ही दिशा से अस्तव्यस्त की जा रही है। वह बहु-आयामी ढंगों से नष्ट की जा रही है। उदाहरण के लिए, कार्बन-डाइआक्साइड और मनुष्य-निर्मित रसायनों के एकत्र होने से वायुमंडल की गर्मी बढ़ गई है जैसी वह पहले कभी न बढ़ी थी। पहली बार यह सम्भावना उपस्थित हो गई है कि उत्तरी और दक्षिणी, दोनों ध्रुवों की बर्फ पिघलने लगी है। यह पहले कभी भी नहीं पिघली थी।

यदि वायुमंडल की गर्मी थोड़ा और बढ़ जाए, तो हिमालय की बर्फ पिघलने लगेगी; और समुद्र तुम्हारे सभी बड़े शहरों को डुबो देंगे क्योंकि वे सभी समुद्र के तटों पर हैं।

और सर्वाधिक खतरनाक बात है पांचवीं, जो कि स्वयं मनुष्य है, काले और गोरे के बीच, पूर्व और पश्चिम के बीच के अपने सारे भेदभावों सहित; और एक नया भेदभाव भी अचानक पैदा हो गया है : उत्तर और दक्षिण के बीच।

मनुष्यता धर्मों द्वारा, राष्ट्रों द्वारा, रंगों द्वारा, जाति द्वारा विभाजित है। और वे एक-दूसरे को गला दबाने में लगे हैं। इन पांच खतरों को टालना जिनका मनुष्य ने पहले कभी सामना नहीं किया था, करीब-करीब असम्भव दिखाई पड़ता है—जब तक कोई चमत्कार ही न हो जाए। लेकिन चमत्कार घटते हैं कहानियों में, यथार्थ जीवन में नहीं।

और सर्वाधिक विघ्नकारक तथ्य यह है कि संसार के बुद्धिजीवी, संसार के राजनेता, संसार के विचारक इन सभी यथार्थों की उपेक्षा कर रहे हैं।

खतरों के समय ऐसा होता है कि अपने मस्तिष्क की शांति को बचाए रखने के लिए खतरे को नजरंदाज करना ही एकमात्र रास्ता होता है। इसको शुतुरमुर्गीय तर्क कहते हैं। यदि तुम शत्रु को देख नहीं रहे, तो शत्रु मौजूद नहीं है।

लोगों का रस क्षुद्र बातों में, बहुत ही मूढ़तापूर्ण बातों में लगा है, जबकि बड़े खतरे सिर पर हैं। मैं आशा करता हूं कि कुछ समझ मनुष्यता को आए और जीवन बचाया जा सके। लेकिन हमें बहुत सावधानीपूर्वक इन पांचों

कारणों का सामना करना पड़ेगा।

संसार में एक सरकार होनी चाहिए, अब आगे कोई राष्ट्र नहीं बचने चाहिए। इस तरह से हम युद्ध की कोई भी सम्भावना को टाल सकते हैं।

संसार में बस एक तरह की धार्मिकता होनी चाहिए। एक धर्म नहीं, बस एक तरह की धार्मिकता—अस्तित्व के प्रति एक कृतज्ञता, एक प्रेमिल हृदय, एक ध्यानस्थ बोध। धर्म का सबसे जरूरी हिस्सा बचाना चाहिए और ईसाइयत, हिंदुत्व, बौद्धवाद, जैनवाद और इस्लामियत—सबको पृथ्वी से विदा हो जाना चाहिए।

अब आगे और उनकी आवश्यकता नहीं रह गई है, वे पर्याप्त नुकसान पहुंचा चुके हैं। लेकिन अब नुकसान इतना ज्यादा है कि उन्हें और बरदाश्त नहीं किया जा सकता।

राष्ट्रों की क्या जरूरत है?

सम्पूर्ण पृथ्वी एक है।

समस्याएं बहुत सरलता से सुलझाई जा सकती हैं यदि केवल एक कार्यकारी विश्व-सरकार हो, जहां गण निर्णायक हों, न कि मतों की शक्ति। जो कोई भी तकनीकी और वैज्ञानिक रूप से अधिक योग्य हो समस्याओं को हल करने में, वही उन्हें संभाले—न कि मतों द्वारा।

यद्यपि सारे धर्म ब्रह्मचर्य सिखाते रहे हैं, कोई व्यक्ति प्रश्न नहीं उठाता : क्या ब्रह्मचर्य प्राकृतिक है? क्या ब्रह्मचर्य होना मानवीय रूप से सम्भव है? क्या कोई भी वैज्ञानिक या कोई भी चिकित्सा-विशेषज्ञ या कोई भी मनोवैज्ञानिक ब्रह्मचर्य की अवधारणा को बढ़ावा दे सकती है?

कोई व्यक्ति ब्रह्मचर्य के विरोध में एक शब्द भी बोलनेवाला नहीं है : कि यह मनुष्यता में सब प्रकार की काम-विकृतियां ला रहा है। शायद 'एड्स' केवल एक शुरुआत है; और भी अधिक खतरनाक बीमारियां आगे आनेवाली हों।

और अंत में मैं मनुष्य की चर्चा करता हूं। मनुष्य सम-सामयिक नहीं है। वह हजार साल पीछे जीता है—और शेष सब कुछ बदल गया है। उसका क्रोध वही है, उसकी लड़ने की वृत्ति वही है जैसी जब तुम पत्थर के हथियार प्रयोग करते थे। अब वही मनुष्य जिसके पास पत्थर के हथियार हुआ करते थे, उसके पास आणविक हथियार हैं, और मनुष्य नहीं बदला है—और प्रौद्योगिकी ने उसे अधिकाधिक विध्वंसक शक्ति दे दी है।

यदि विश्व युद्ध हुआ तो वह बटन दबाने का युद्ध होगा, और समूची

दुनिया मृत्यु के मुंह में चली जाएगी! कोई जीतनेवाला नहीं होगा, कोई हारनेवाला नहीं होगा। लेकिन यही उपयुक्त समय है 'भविष्य का इतिहास' लिखने के लिए, क्योंकि बीस साल बाद कोई भी व्यक्ति लिखने के लिए न होगा, और कोई व्यक्ति छापने के लिए न होगा और कोई व्यक्ति पढ़ने के लिए न होगा।

यदि तुम प्रश्न उठाओ जो इतने खतरनाक हैं, तो लोग तुमसे नाराज हो जाएंगे। मैंने पूरी दुनिया को अपना दुश्मन बना लिया सिर्फ एक सीधे से कारण से कि मैं शुतुरमुर्गों की गरदनें रेत से खींचे जा रहा हूं; और बताए जा रहा हूं कि इससे कोई फर्क नहीं पड़ता कि तुम दुश्मन को देखते हो या नहीं। देखना ज्यादा बेहतर है, देखने से हो सकता है तुम बचने का कोई रास्ता निकाल लो, लेकिन अपने सिर को रेत के अंदर रखने में तो तुम पूर्णतया बचावरहित हो। लेकिन ये शुतुरमुर्ग बहुत आनंदित महसूस करते हैं जब उनका सिर रेत के अंदर होता है, उनकी गर्दन बाहर निकालने में वे क्रोधित हो जाते हैं, क्योंकि फिर उन्हें दुश्मन को देखना पड़ता है। कोई भी व्यक्ति दुश्मन को देखना नहीं चाहता है।

छोटी-छोटी बातें मानव मन को घेरे रहती हैं, अतः यह असली समस्याओं से नहीं निपट पाता है।

मैंने तुम्हें बताया कि पांच असली समस्याएं हैं जो कि मनुष्यता को नष्ट करने जा रही हैं। समाधान बहुत सरल हैं, लेकिन यह एक बड़ा पगलखाना है, कोई भी व्यक्ति समझता हुआ नहीं दिखाई पड़ता है।

सभी आणविक हथियार प्रशांत महासागर में।

काम की समस्त निंदाएं और ब्रह्मचर्य की समस्त स्तुतियां पूर्णतः रोक देनी चाहिए। अन्यथा हम 'एड्स' से छुटकारा नहीं पा सकते। वह फैलनेवाली है—वह फैल रही है।

यह एक सीधा-साधा तथ्य है कि पृथ्वी अविभाजित है। इतने तमाम राष्ट्रों की क्या जरूरत है, सिवाय इसके कि वह बहुत सारे लोगों के अहंकारों की दौड़ के लिए काम आता है? अन्य दूसरी कोई जरूरत नहीं है। क्यों जर्मनी आप्रवासियों से भयभीत हो और जर्मन लोगों को अधिक बच्चे पैदा करने के लिए प्रोत्साहन दे; जबकि पृथ्वी अधिक जनसंख्या से मरणासन्न हो रही है? यदि एक ही विश्व-सरकार होती तो हम जनसंख्या को एक जगह से दूसरी जगह हटा सकते थे। जहां कहीं भी जनसंख्या घटनी शुरू हो जाए, उसको दूसरे राष्ट्रों की बढ़ती हुई जनसंख्या से पूरित कर दिया जाए।

यदि दुनिया से धर्म विदा हो जाएं, तो उनके साथ सारी मूढ़तापूर्ण बातें भी विदा हो जाएंगी। वे संतति-निग्रह के विरोध में हैं और अधिक बच्चे पैदा करने में संलग्न हैं क्योंकि अधिक मत और युद्धों में तुम्हारी तोपों के लिए अधिक चारा।

बीस से तीस वर्षों तक आत्यंतिक संतति-निग्रह का कड़ा प्रयोग हो। यह प्रजातंत्र का सवाल नहीं है, यह सवाल जीवन और मरण के बीच है। यदि सारी दुनिया मर जानेवाली है, तुम अपने प्रजातंत्र को रखकर क्या करनेवाले हो? तब प्रजातंत्र के शासन का अर्थ होगा : कब्रों के लिए, कब्रों का, कब्रों द्वारा; क्योंकि लोग तो समाप्त हो चुके होंगे।

धर्मों के साथ सभी तरह के अंधविश्वास जुड़े हुए हैं, जो तुम्हारी बुद्धिमत्ता, तुम्हारी दृष्टि, संसार में नया मनुष्य पैदा करने की तुम्हारी सम्भावना में बाधा डाल रहे हैं।

एक बात निश्चित है— पुरानी मनुष्यता मरने जा रही है। यदि हम संसार के लोगों को समझा सकें, तो एक नए तरह का मनुष्य जीवित बच सकता है।

वह संसार का नागरिक होगा—कोई राष्ट्र न होंगे।

वह धार्मिक होगा—लेकिन कोई धर्म नहीं।

वह वैज्ञानिक होगा—लेकिन विध्वंसक नहीं; उसका सम्पूर्ण विज्ञान सृजन को समर्पित होगा।

वह पवित्र होगा, करुणावान, प्रेमपूर्ण—लेकिन ब्रह्मचारी नहीं।

अतीत के बिना किसी बोझ के एक नया मनुष्य, अधिक ध्यानस्थ, अधिक मौन, अधिक प्रेमपूर्ण...सभी विश्वविद्यालयों को थोथे विषयों पर अपना समय नष्ट करने के बजाय मनुष्य में अधिक चेतना पैदा करने में अपना समय अर्पित करना चाहिए।

एक वैज्ञानिक ढंग से चीजों के बारे में विचार करना चाहिए, न कि अंधविश्वासी ढंग से; तब मनुष्य के भविष्य की कोई सम्भावना है...

यदि हम एक गम्भीर कदम उठाएं इन पांचों खतरों के खिलाफ जो मनुष्यता के सामने उपस्थित हैं, तो सम्भावना है एक नए मनुष्य की, एक बेहतर मनुष्य की, एक प्राकृतिक मनुष्य की, एक स्वस्थतर मनुष्य की, अधिक धार्मिक मनुष्य की भविष्य में...युद्धों से रहित, राष्ट्रों से रहित, धर्मों से रहित एक संसार की...एक संसार शांतिपूर्ण, प्रेमिल...सत्य की, आनंद की, उल्लास की खोज में निरत एक संसार।

लेकिन यदि इन पांचों समस्याओं को तुरंत समाधान नहीं किया जाता, तो कोई भविष्य सम्भव नहीं है।

तुमको अपनी किताब 'भविष्य का एक इतिहास' लिखना शुरू कर देना चाहिए, जितनी जल्दी सम्भव हो, क्योंकि जहां तक सम्भव है कोई भविष्य नहीं रहनेवाला है।

दि रेज़र्स एज—26 फरवरी 1987, सायं
(प्रथम प्रश्न के अंश)

कीचड़ से कमल

भगवान,
प्रारम्भकाल से ही मानव इस संघर्ष से क्यों गुजरा है? क्या इस पृथ्वी पर पहले भी परम विकसित सभ्यताएं नहीं रही थीं? और फिर भी उनकी चेतना खो गई और मनुष्य को पुन: सब कुछ कखग से प्रारम्भ करना पड़ा। वर्तमान समय विशेषकर एक अंधकार-युग लगता है। क्या ऐसा कोई जागतिक नियम है जो बताता हो कि केवल कीचड़ से ही कमल खिल सकता है?
और क्या यह पृथ्वी कभी भी एक गुलशन बनेगी?

सवाल जो तुमने पूछा है उसमें विशाल उलझाव हैं।

एक, हमारी सभ्यता से पहले बहुत-सी सभ्यताएं हुई हैं। जिन्होंने और भी उत्तुंग शिखर छुए हैं, लेकिन उन सबने अपने आपको नष्ट कर लिया क्योंकि वे सब सभ्यताएं, जिनमें हमारी सभ्यता भी शामिल है, एक गहन असंतुलन में विकसित होती रही हैं। उन्होंने महान प्रौद्योगिकियां विकसित कीं लेकिन वे भूल गए कि बड़े-से-बड़े प्रौद्योगिक विकास भी मनुष्य को अधिक आनंदपूर्ण, अधिक शांतिपूर्ण, अधिक प्रेमपूर्ण, अधिक करुणापूर्ण नहीं बनाने वाले।

मनुष्य के वैज्ञानिक विकास की गति के साथ कदम मिलाते हुए उसकी चेतना का विकास नहीं हुआ है। और वही कारण रहा है पुरानी सभ्यताओं द्वारा आत्मविनाश किए जाने का। कोई बाहरी कारण नहीं था, बाहरी शत्रु नहीं था—शत्रु मानव के भीतर था।

जहां तक यंत्रों का सम्बंध है, उसने दैत्याकार यंत्र निर्मित किए, लेकिन वह स्वयं अत्यंत कुंठित, मूच्छित, लगभग प्रसुप्त बना रहा। और मूच्छित लोगों के हाथ में इतनी, देना बहुत खतरनाक है।

आज वही घटना घट रही है। जहां तक चेतना का सम्बंध है, राजनीतिक लोग निम्नतम कोटि में आते हैं। वे होशियार हैं, चालाक हैं, वे नीच भी हैं और वे एक ही लक्ष्य के लिए हर प्रयास करते हैं—अधिक शक्तिशाली कैसे हों।

उनकी एकमात्र चाहत अधिक शक्ति के लिए है—अधिक शांति के लिए नहीं, अधिक आत्मा के लिए नहीं, अधिक सत्य के लिए नहीं, अधिक प्रेम के लिए नहीं।

और तुम्हें अधिक शक्ति चाहिए किसलिए?—दूसरों पर आधिपत्य जमाने के लिए, दूसरों को नष्ट करने के लिए। सारी शक्ति मूच्छित लोगों के हाथों में इकट्ठी होती जाती है।

तो एक तरफ, सभी सभ्यताएं जो विकसित हुईं और मर गईं—कहना ठीक होगा कि आत्महत्या कर ली—उनके राजनीतिकों के हाथों में पूरी सत्ता थी। और दूसरी तरफ, मानव मेधा की प्रतिभाएं अधिकाधिक वैज्ञानिक और प्रौद्योगिकी उपायों की खोज में संलग्न थीं; और उनके समस्त आविष्कार अंततः राजनीतिकों के हाथों में चले जाते थे।

यह अल्बर्ट आइंस्टीन था जिसने अमरीका के राष्ट्रपति रूज़वेल्ट को एक पत्र लिखा था— "मैं अणुबम बना सकता हूं। मेरे पास उसका रहस्य है। और जिसके पास अणुबम होगा वही दूसरे विश्व युद्ध में विजेता बननेवाला है।"

रूज़वेल्ट ने तत्क्षण उसे निमंत्रित किया और अणु बम बनाने के लिए सारी सुविधाएं प्रदान की। जब तक अणु बम तैयार हुआ, रूज़वेल्ट राष्ट्रपति न रह गए। उनकी जगह ट्रूमैन आ गया था।

जर्मनी पराजित हो चुका था, और ज्यादा-से-ज्यादा सात दिनों का और सवाल था—संसार के सभी सेना-विशेषज्ञ इस बात पर राजी होते हैं—कि जापान समर्पण कर देनेवाला था। कोई उपाय न था, क्योंकि सारी शक्ति जर्मनी से आती रही थी, जापान तो केवल सहयोगी था। और अमरीकी सेनापतियों ने भी ट्रूमैन को सलाह दी कि अब अणु बम का प्रयोग करने की कोई जरूरत नहीं है। साधारण बमों से, सात दिनों में, जापान को समर्पण करना ही पड़ेगा।

लेकिन ट्रूमैन सुनने को राजी न था। पुनः अलबर्ट आइंस्टीन ने एक पत्र लिखा, कि अब कोई आवश्यकता न थी बम के प्रयोग की। लेकिन अब

अलबर्ट आइंस्टीन की कौन परवाह करता है? बम राष्ट्रपति के हाथों में आ चुके हैं। और ट्रूमैन ने, अकारण ही, जापान के दो शहरों—हिरोशिमा और नागासाकी पर अणु बम डाल दिए। बड़े शहर, प्रत्येक में एक लाख से भी अधिक लोग थे। और पांच मिनटों के भीतर ही वे सारे लोग वाष्पीभूत हो गए।

ऐसा विध्वंस कभी सुना नहीं गया था। और यह ऐसी विध्वंस था जिसकी कोई जरूरत न थी। लेकिन ट्रूमैन जल्दी में था : उसे भय था कि यदि जापान ने आत्मसमर्पण कर दिया, तो अणु बमों का उपयोग करने को कोई मौका न मिलेगा—जो कि इतना धन लगाकर बनाए गए थे— और वह संसार को यह दिखा न सकेगा कि अमरीका सबसे बड़ी शक्ति है, और वह स्वयं वह व्यक्ति है जिसके हाथों में उस सर्वश्रेष्ठ शक्ति की कुंजी है।

हिरोशिमा और नागासाकी पर गिराए गए वे बम सिर्फ जापान को पराजित करने के लिए नहीं थे। उनका मूल उद्देश्य सर्वथा भिन्न था—राष्ट्रपति ट्रूमैन के अहंकार की तृप्ति : "मैं संसार को महानतम, सबसे शक्तिशाली व्यक्ति हूं; और मेरा राष्ट्र सर्वोच्च है।"

ऐसा बार-बार होता रहा है।

दूसरे विश्व युद्ध से पहले कोई यह मानने को तैयार नहीं था कि ऐसे विध्वंसक हथियार कभी पहले भी थे। भारत के प्राचीन शास्त्रों में, महाभारत की कथा में, पांच हजार वर्ष पूर्व हुआ भारतीय महायुद्ध केवल पौराणिक कथा है। यह कल्पनातीत था कि पांच हजार वर्ष पूर्व इतने शक्तिशाली अस्त्र-शस्त्र उपलब्ध थे।

लेकिन द्वितीय विश्व युद्ध के बाद अब यह बिलकुल साफ हो गया है, महाभारत के वर्णन के अनुसार कि उन्होंने परमाणु-ऊर्जा जैसा ही कुछ खोज लिया था। उन्होंने एक महान सभ्यता विनष्ट कर दी, लेकिन यह विनाश उनकी अपनी सभ्यता के भीतर से ही आया।

फिर से हम उसी स्थिति की ओर अग्रसर हो रहे हैं। विनाश किसी अन्य ग्रह से नहीं आ रहा है, हम अपनी कब्रें खुद ही तैयार कर रहे हैं। हमें इसका अहसास हो, न हो, हम सब कब्रें खोदनेवाले हैं, और हम अपनी ही कब्रें खोद रहे हैं।

इस समय केवल पांच देश हैं जिनके पास परमाणु हथियार हैं, और उनका परमाणु हथियारों का भंडार दूसरे विश्व युद्ध के अणु बमों की शक्ति से दस लाख गुना बड़ा है। अब वैज्ञानिक कहते हैं कि आधुनिक परमाणु

हथियारों की तुलना में दूसरे विश्व युद्ध के अणु बम पटाखों की भांति हैं।

सन् 2010 तक, पच्चीस अन्य देश भी परमाणु—शक्तियां बन जाएंगे। बात बस के बाहर हो जाने वाली है। तीस देश इतनी विध्वंसक शक्ति सहित कि एक ही देश पूरी पृथ्वी को विनष्ट कर सके! एक अकेला सिरफिरा आदमी, एक अकेला राजनीतिक, अपनी ताकत का प्रदर्शन करने के लिए, पूरी सभ्यता को नष्ट कर सकता है; और तुम्हें कखग से शुरुआत करनी होगी।

और यह विनाश सिर्फ मनुष्यता का नहीं है। मनुष्यता के साथ ही मनुष्यता के सारे संगी-साथी भी मरते हैं—पशु, पक्षी, पेड़, फूल, सब कुछ विलीन हो जाता है, सब कुछ जो जीवित है।

लेकिन कारण है हमारे विकास में असंतुलन। हम वैज्ञानिक प्रौद्योगिकी विकसित किए चले जाते हैं, इसकी परवाह किए बिना कि उसी अनुपात में हमारी चेतना भी विकसित होनी चाहिए। दरअसल हमारी चेतना को हमारे प्रौद्योगिकी विकास से थोड़ा आगे होना चाहिए।

यदि हमारी चेतना बुद्धत्व की स्थिति में होती...किसी गौतम बुद्ध के हाथों में परमाणु हथियार खतरनाक नहीं रह जाते। गौतम बुद्ध के हाथों में परमाणु हथियार किसी सृजनात्मक शक्ति में बदल जाएंगे। क्योंकि शक्ति हमेशा तटस्थ होती है। या तो तुम उससे विनाश कर सकते हो, या तुम कुछ निर्माण करने के उपाय खोज सकते हो।

लेकिन इस समय हमारी शक्तियां प्रचंड हैं और हमारी मानवता बहुत छोटी। यह ऐसे ही है जैसे हमने छोटे बच्चों के हाथों में खेलने के लिए बम दे दिए हों।

तुम पूछ रहे हो, "प्रारम्भकाल से ही मनुष्य इस संघर्ष से क्यों गुजरता रहा है?"

यह अंतस और बाह्य के बीच का असंतुलन है।

बाह्य अधिक सरल है; और बाह्य वस्तुगत है। उदाहरण के लिए, एक व्यक्ति, थॉमस अल्वा एडिसन विद्युत की खोज करता है और पूरी मनुष्य जाति उसका उपयोग करती है। उसे प्रत्येक द्वारा बार—बार खोजने की जरूरत नहीं है।

आंतरिक विकास बिलकुल अलग ही घटना है।

गौतम बुद्ध प्रबुद्ध हो सकते हैं, लेकिन इसका यह मतलब नहीं कि बाकी सब लोग भी बुद्धत्व को उपलब्ध हो गए। प्रत्येक व्यक्ति को सत्य

की खोज स्वयं करनी पड़ती है।

तो बाहर जो भी घटता है वह इकट्ठा होता चला जाता है, संग्रहीत होता चला जाता है। सारी वैज्ञानिक प्रगति इकट्ठी होती चली जाती है। हर वैज्ञानिक दूसरे वैज्ञानिक के कंधों पर खड़ा है। लेकिन चेतना का विकास इस नियम का अनुसरण नहीं करता। हर व्यक्ति को स्वयं उसे खोजना पड़ता है; वह किसी और के कंधे पर नहीं खड़ा हो सकता। जो कुछ वस्तुपरक है उसे बांटा जा सकता है—उसे विद्यालयों में, महाविद्यालयों में, विश्वविद्यालयों में सिखाया जा सकता है। लेकिन आत्मपरकता के सम्बंध में वह सच नहीं है।

मुझे अंतर्जगत् के सम्बंध में सब कुछ पता हो, फिर भी उसे मैं तुम्हें हस्तांतरित नहीं कर सकता। यह अस्तित्व के बुनियादी नियमों में से एक है। कि आंतरिक सत्य को प्रत्येक व्यक्ति को अपने ही प्रयासों से खोजना होता है। वह बाजार-हाट में खरीदा नहीं जा सकता; न वह चुराया जा सकता है। उसे कोई तुम्हें भेंटस्वरूप नहीं दे सकता। वह कोई माल-असबाब नहीं है। वह पदार्थ नहीं है। वह एक अपार्थिव अनुभव है।

सदगुरु अपनी निजता से, अपनी उपस्थिति से, अपनी करुणा से, अपने प्रेम से, अपने मौन से उसका प्रमाण दे सकता है। लेकिन ये केवल इस बात के प्रमाण हैं कि उसके भीतर कुछ घटा है। वह तुम्हें प्रोत्साहन दे सकता है। वह तुम्हें बता सकता है कि तुम भीतर व्यर्थ ही नहीं जा रहे हो, तुम्हें खजाने मिलेंगे, जैसे मुझे मिले हैं।

प्रत्येक सदगुरु एक तर्क, एक सुबूत, एक प्रत्यक्षदर्शी गवाह के अतिरिक्त और कुछ भी नहीं है। लेकिन अनुभव वैयक्तिक ही रहता है। विज्ञान सामाजिक बन जाता है, ध्यान व्यक्तिगत ही रहता है।

वह मूलभूत समस्या है : संतुलन कैसे निर्मित किया जाए?

अतीत की सारी सभ्यताएं...

एक सभ्यता अटलांटिस पर थी—वह विशाल महाद्वीप जो अटलांटिक महासागर में डूब गया है। ऐसा सोचा गया था कि वह भी एक पुराणकथा है, लेकिन वर्तमान अन्वेषकों ने यह सिद्ध कर दिया है कि पानी के नीचे, पांच मील गहराई पर अभी भी विशाल शहरों के अवशेष हैं।

और एक दूसरे महाद्वीप के साथ भी यही हुआ, जो अटलांटिस से छोटा था—लेमूरिया। वह भी सागर में डूब गया है। सरसरी निगाह से देखने वाले को लगता है कि यह एक प्राकृतिक विपदा रही होगी : संम्भवतः कोई बड़ा भूकम्प, धरती का हलन-चलन, उन विशाल शहरों में महासागर का प्रवेश,

ज्वालामुखी—लेकिन कोई-न-कोई प्राकृतिक विपदा अवश्य घटी होगी।

लेकिन जहां तक मैं देख सकता हूं, उन प्राकृतिक विपदाओं के भी कारण हम ही होते हैं। उन सभ्यताओं ने अवश्य कुछ मूढ़तापूर्ण किया होगा जिसकी वजह से ये विपदाएं आईं। "क्या इस पृथ्वी पर पहले भी परम विकसित सभ्यताएं नहीं रही थीं?" सभ्यताएं थीं, लेकिन वे सब उसी जंजाल में फंस गईं जिसमें हम प्रवेश करते जा रहे हैं; वे सब उसी अंधकार में पड़ गईं जिनमें हम प्रवेश किए जा रहे हैं। "और फिर भी उनकी चेतना खो गई और मनुष्य को पुनः सब कुछ कखग से शुरू करना पड़ा।" उनकी चेतना नहीं खोई—उनके पास चेतना थी ही नहीं। उनकी बस वैसी ही सतही चेतना थी जैसी हमारी है।

संकट जो दिन-ब-दिन निकट आता जा रहा है, उसे टालने के लिए तुम क्या कर रहे हो? इस पृथ्वी का अंत दूर नहीं है, अधिक-से-अधिक बीस साल, पच्चीस साल। और यह एक बड़ा आशावादी दृष्टिकोण है। निराशावादी के लिए तो यह कल भी घट सकता है।

लेकिन हम तुम्हें पच्चीस साल भी दें तो तुम मानव चेतना का इस ढंग से उन्नयन करने में सहयोग हेतु ऐसा क्या करोगे कि हम उस सार्वभौम आत्मघात को टाल सकें जो आसन्न है।

उसे टालने का एकमात्र उपाय है संसार में अधिक ध्यानपूर्ण चित्तदशा पैदा करें। लेकिन यह इतनी पागल दुनिया है कि कभी-कभी तो यकीन नहीं आता।

पूना के पुलिस कमिश्नर ने मांग की है कि पुलिस अधिकारियों को मेरा हर प्रवचन टेप करने दिया जाए और वे उसकी छानबीन करेंगे, उसे सम्पादित करेंगे और हमें बताएंगे कि उसमें से कौन-से अंश रखने चाहिए और कौन-से अंश छोड़ देने चाहिए। किसी ने कभी सुना नहीं कि पुलिस अधिकारी समझ भी सकते हैं कि ध्यान क्या है।

उन्होंने मांग की है कि पूना के प्रतिष्टित नागरिक एक समिति बनाएं और वे यहां पर एक आयोग की तरह आएं और हमारे सभी ध्यानों, चिकित्सा-समूहों और प्रवचनों से गुजरें और एक रपट पेश करें कि जो हो रहा है वह उचित है या नहीं।

ये पूना के प्रतिष्टित नागरिक कौन हैं? और वे ध्यान के बारे में कितना जानते हैं? वे मनश्चिकित्साओं के बारे में कितना जानते हैं? वे अपने सम्बंध में कितना जानते हैं?

लेकिन ऐसी है यह दुनिया जिसमें हम हैं। ऐसी बेहूदी अपेक्षाओं को देखकर भविष्य के प्रति सारी आशा खो जाती है। बल्कि पूना के लोगों को यहां आने और ध्यान करने को कहो; पुलिस अधिकारियों को चिकित्सा-समूहों में, ध्यान में सम्मिलित होने के लिए भेजो—क्योंकि इससे अन्यथा कोई उपाय नहीं है।

यदि कोई विपस्सना कर रहा है, तुम क्या निरीक्षण कर सकते हो? जो भी घट रहा है, उस व्यक्ति के भीतर इतने गहरे में घट रहा है। आंखें बंद किए वह शांत बैठा है, ये लोग जाकर अखबारों को इतना ही बता सकते हैं कि मैं लोगों को आलसी होना सिखा रहा हूं, कि बिना कुछ किए बैठे रहो। स्वभावतः वे नहीं देख सकते कि भीतर क्या घट रहा है। उन्हें कुछ भी पता नहीं है कि मनोविज्ञान के जगत् में पिछले सौ वर्षों में क्या-क्या हुआ है, और उन्हें कुछ भी पता नहीं है कि पिछले दस हजार वर्षों में ध्यान के जगत् में क्या-क्या हुआ है—कितनी विधियां पैदा की गई हैं, मनुष्य कितने गहरे में गया है।

कौन हैं ये प्रतिष्ठित लोग? उनकी प्रतिष्ठा शायद इस कारण होगी कि किसी ने अस्पताल बनवाया है, या किसी ने कॉलेज खुलवाया है, या किसी ने अनाथों को, गरीबों को दान दिया है। ये सब बातें बिलकुल ठीक हैं—हमें कोई आपत्ति नहीं—लेकिन इन बातों के कारण वे ध्यान के विशेषज्ञ नहीं हो जाते, और वे मनश्चिकित्साओं के विशेषज्ञ नहीं हो जाते।

वे संसार के बारह बुद्धपुरुषों के नाम भी नहीं गिना सकते, और वे उसे सम्पादित करना चाहते हैं जो मैं कह रहा हूं। उनका मापदंड क्या होगा ? उन्हें अंतर्जगत् की कुछ भी जानकारी नहीं है। उन्हें चेतना के सर्वोच्च शिखरों के बारे में कुछ भी पता नहीं है। उन्होंने तो कभी तथाता : सचनेस, अनत्ता : नो-सेल्फनेस जैसे शब्द भी न सुने होंगे। लेकिन आदमी की विक्षिप्तता ऐसी है कि वह गौतमबुद्ध महावीर, बाशो और सरमद पर निर्णय सुनाना चाहता है—उनका कखग तक न जानते हुए भी।

हम जो करने में लगे हैं वही एकमात्र प्रयास है : कुछ लोगों की चेतना का उत्थान करना और भेज देना उन्हें दुनिया के सुंदर कोनों में, समुची मानवता की चेतना के उन्नयन में मदद पहुंचाने के लिए।

यदि आनेवाले बीस वर्षों में मनुष्य एक क्रांति से गुजरता है, एक नई चेतना को उपलब्ध करता है, तो अब तक जो होता आया है उसे सम्भवतः टाला जा सकता है इस सभ्यता के साथ घटने से।

अंत में तुम पूछ रहे हो, "वर्तमान समय विशेषकर एक अंधकार-युग लगता है।" है ही। और यह अंधेरा से अंधेरा होता चला जाएगा, जब तक कि प्रत्येक व्यक्ति अपना प्रकाश स्वयं नहीं बनता और अपने चारों ओर प्रकाश नहीं बिखेरता, जब तक कि प्रत्येक व्यक्ति अपना प्रकाश और अपनी आग उन लोगों को नहीं बांटता जो उसके लिए प्यासे और भूखे हैं।

सुबह स्वतः नहीं आनेवाली है। तुम्हें पूरी तरह सजग होना है चेतना के सहयोग में हर सम्भव प्रयास करने के लिए।

इससे पहले कि महासागर चालीस फीट ऊपर उठें, हमें चेतना को कम-से-कम चालीस फीट ऊंचा उठाना है। संसार को कम-से-कम दो सौ आत्मज्ञानोपलब्ध लोगों की जरूरत है। वे दो सौ दीपस्तम्भ होंगे, जहां लाखों लोगों की सत्य की प्यास बुझेगी। यह अंधकार के खिलाफ एक कड़ा संघर्ष है, लेकिन एक महान अवसर, एक चुनौती और एक उकसावा भी। तुम्हें उसके बारे में गम्भीर नहीं होना है।

तुम्हें उसे प्रेमपूर्वक, नाचते हुए, तुम्हारे सारे गीतों के साथ और हर्षोल्लास से भरकर करना है। क्योंकि केवल उसी ढंग से सुबह को लाया जाना और अंधेरे को दूर किया जाना सम्भव है।

हां, यह सच है : "ऐसा जागतिक नियम है कि सिर्फ कीचड़ से ही कमल खिल सकता है।"

राजनीतिक, सारे धर्मों के पंडित-पुरोहित, सरकारें और अफसरशाही, सब मिलकर पर्याप्त कीचड़ पैदा कर रहे हैं। अब हमें कमल पैदा करने हैं। तुम्हें उनकी कीचड़ में डूब नहीं जाना है। तुम्हें कमल के बीज बोने हैं। कमल का बीज एक चमत्कार है, वह कीचड़ को एक सर्वाधिक सुंदर फूल में रूपांतरित कर देता है।

पूरब में कमल दो बातों के लिए लगभग पूजा गया है। एक, कि वह कीचड़ से निकलता है—हर आदमी केवल कीचड़ है। अंगरेजी शब्द 'ह्यूमन' का अर्थ होता है, कीचड़; अरबी शब्द आदमी का अर्थ होता है, कीचड़; क्योंकि ईश्वर ने मनुष्यों को कीचड़ से बनाया।

लेकिन कमल का फूल उगाने की सम्भावना है। वह सबसे बड़ा फूल है। वह अपनी पंखुड़ियां तभी खोलता है जब सूरज उगता है, पक्षी गाने लगते हैं और सारा आकाश सतरंगा, रंगीन हो उठता है। और जैसे अंधेरा आने लगता है और सूरज डूबता है, वह फिर अपनी पंखुड़ियां बंद कर लेता है। वह प्रकाश का प्रेमी है।

दूसरी बात, उसकी एक बहुत प्यारी गुणवत्ता है—उसकी पंखुड़ियां, उसके पत्ते, इतने मखमली होते हैं कि रात में ओसकण उन पंखुड़ियों और पत्तों पर एकत्रित होते हैं। प्रात:कालीन सूरज में वे ओसकण लगभग मोतियों जैसे चमकते हैं, उनसे भी अधिक सुंदर, अपने चारों ओर इंद्रधनुष निर्मित करते हुए।

लेकिन सर्वाधिक सुंदर बात यह है कि यद्यपि वे पत्तों और पंखुड़ियों पर टिके होते हैं, वे उन्हें छूते नहीं। हवा का एक हल्का-सा झोंका और वे वापिस सागर में गिर जाते हैं, पत्तों पर या पंखुड़ियों पर कोई निशान अथवा नमी तक नहीं छोड़ते।

पूरब के लिए यह बड़ा प्रतीकात्मक रहा है। क्योंकि पूरब कहता है, तुम्हें संसार में रहना चाहिए लेकिन उससे अछूते बने रहो। तुम संसार में रहो, लेकिन संसार तुममें न रहे। तुम संसार से गुजर जाओ, लेकिन कोई संस्कार, कोई प्रभाव, कोई रेखा तुम पर न छूटे। यदि मृत्यु के क्षण तक तुम यह कह सको कि तुम्हारी चेतना उतनी ही निर्मल, उतनी ही निर्दोष है जैसी तुम उसे जन्म के समय साथ लाए थे, तो तुमने एक धार्मिक जीवन जिया है, एक आध्यात्मिक जीवन जिया है।

इसलिए, कमल का फूल आध्यात्मिक जीवन शैली का प्रतीक बन गया है। पानी से अस्पर्शित—वह पानी के भीतर कीचड़ से उगता है, और फिर भी अछूता रहता है। और वह रूपांतरण का प्रतीक है। कीचड़ एक ऐसे फूल में बदल जाती है जो इस ग्रह द्वारा जाना गया सर्वाधिक सुंदर व सर्वाधिक सुवासित फूल है।

गौतम बुद्ध को कमल से इतना अधिक प्रेम था कि उन्होंने अपने स्वर्ग को कंवल-स्वर्ग कहा।

हमारे गहन ध्यान से और अस्तित्व के प्रति अनुग्रह भाव से यह सम्भव है कि यह पृथ्वी बच सके—और-और चेतना, और-और फूलों से लसती हुई। यह एक कंवल-स्वर्ग बन सकती है।

लेकिन मनुष्य चेतना में एक महाक्रांति के लिए एक विशाल संघर्ष की जरूरत है; और प्रत्येक व्यक्ति उस क्रांति के लिए आमंत्रित है। तुम जो भी योगदान कर सकते हो, करो। इस क्रांति के लिए तुम्हारा पूरा जीवन संलग्न करने की जरूरत है। तुम्हें कोई दूसरा अवसर न मिलेगा, दूसरी चुनौती न मिलेगी—तुम्हारे स्वयं के विकास के लिए, और इस समूचे खूबसूरत ग्रह के विकास के लिए।

सम्पूर्ण अस्तित्व में यही एकमात्र ग्रह है जहां जीवन है; उसकी मौत एक बहुत बड़ी त्रासदी होगी।

लेकिन इसे टाला जा सकता है।

जो अपराधी शक्तियां, अशुभ शक्तियां इसे विनष्ट करने के लिए कटिबद्ध हो रही हैं, उन्हें टालने के लिए तुम्हें इस क्रांति के सैनिक बनना पड़ेगा।

दि हिडन स्प्लेंडर—2 मार्च 1987, सायं
(प्रथम प्रश्न के अंश)

बाहर निकलने की एकमात्र राह—भीतर जाना

वर्तमान जगत् की बीमारी, उसकी बढ़ती हुई व्यथा और तनाव, उन तमाम मूढ़तापूर्ण धारणाओं का परिणाम है जो अतीत में मनुष्यता पर हावी रही हैं। उसके लिए समस्त धर्म जिम्मेदार हैं। उन्होंने जो किया है, जाने अथवा अनजाने, वही पूरी मनुष्यता के दुख, पीड़ा और संताप का कारण है। हम एक-एक करके सर्वाधिक बुनियादी कारणों पर विचार करें।

पहला : सभी धर्म इस धारणा को आरोपित करते रहे हैं कि परमात्मा ने संसार को बनाया है, और परमात्मा सर्वज्ञ, सर्वशक्तिमान, सर्वव्यापी है। वह सब कुछ जानता है। उसमें सर्व शक्ति निहित है। वह सर्वत्र व्याप्त है।

इस अवधारणा ने मनुष्य को जीवन के साथ कुछ भी वैसा करने से वंचित किया जो जीवन को बेहतर बनाए, अधिक सुंदर बनाए। जब कोई सब कुछ जाननेवाला, सबसे शक्तिशाली, हर जगह व्याप्त व्यक्ति संसार की देख-रेख कर रहा है तो तुम क्या कर सकते हो? तुम कितनी दूर तक देख सकते हो? तुम्हारा योगदान ही क्या हो सकता है? यदि परमात्मा जगत् का स्रष्टा है, तुम उसमें और सुधार नहीं कर सकते। यदि तुम कुछ करो, तुम केवल उसमें क्षति पहुंचा सकते हो। तुम उसमें सुधार नहीं कर सकते; तुम परमात्मा से बढ़कर बुद्धिमान नहीं हो सकते।

मनुष्यता जिस संताप से गुजर रही है, और शायद जिसमें ही वह विनष्ट हो जाए, उसके सर्वाधिक बुनियादी कारणों में से एक है यह धारणा। जरा सोचो...जैसा कि मैं इसे देखता हूं, कोई परमात्मा नहीं है जो संसार की रचना कर रहा है, जो संसार की देखभाल कर रहा है। यह उत्तरदायित्व किसी ऐसे पर मत फेंको जो है ही नहीं। यह तो हम लोग जो यहां पर हैं हर तरह से

जिम्मेदार हैं कि इस अवसर को बनाएं या बिगाड़ें।

परमात्मा को हटाओ, उसके स्थान पर मनुष्य को रखो, और तुम एक सर्वथा भिन्न संसार पाओगे।

यह पीड़ा बिलकुल अनावश्यक है। यह संताप हमारी मूढ़ता है। मनुष्य एक अतिशय समृद्ध, आनंदपूर्ण, मस्तीभरा जीवन जी सकता है। लेकिन पहली बात है, उसे अपनी जिम्मेदारी स्वीकार करनी होगी।

सारे धर्म तुम्हें तुम्हारी जिम्मेदारी से बचना सिखाते रहे हैं—उसे परमात्मा पर फेंक दो !...और कोई परमात्मा है नहीं।

तुम कुछ करते नहीं क्योंकि तुम सोचते हो परमात्मा सब कुछ कर देनेवाला है— और कुछ भी कर देने के लिए कोई परमात्मा है ही नहीं। फिर तुम और क्या अपेक्षा कर सकते हो? जो हो रहा है, जो हुआ है, और होनेवाला है, वह स्रष्टा की इस धारणा का स्वाभाविक निष्कर्ष है।

यदि मनुष्य से यह कहा जाता कि यह तुम्हारा अस्तित्व है, कि तुम जो भी हो, तुम जो भी करते हो और तुम्हारे आसपास जो भी होता है, उसके लिए तुम जिम्मेदार हो; प्रौढ़ होओ, बचकाने मत बने रहो...

लेकिन यह परमात्मा तुम्हें प्रौढ़ होने नहीं देता। उसका परमात्मत्व तुम्हारी अप्रौढ़ता पर, तुम्हारे बचकानेपन पर निर्भर करता है।

जितने अधिक मूढ़ तुम होओ, जितने अधिक भोले-भाले तुम होओ, उतना ही परमात्मा बड़ा है। जितने अधिक बुद्धिमान तुम होओ, उतना ही परमात्मा छोटा है।

यदि तुम सचमुच में बुद्धिमान हो, तो परमात्मा है ही नहीं।

फिर यह अस्तित्व है, तुम हो; फिर सृजन करो। लेकिन यह स्रष्टा तुम्हें स्रष्टा नहीं होने देता।

मेरा पूरा दृष्टिकोण यह है कि तुम्हें स्रष्टा होना है। तुम्हें अपनी सृजनात्मक ऊर्जाओं को मुक्त करना है।

और यह तभी सम्भव है जब यह गॉड (परमात्मा), जो कि 'गोडोट' (एक काल्पनिक पात्र) के अतिरिक्त कुछ नहीं है, हटा दिया जाए, तुम्हारी जीवन-दृष्टि से बिलकुल हटा दिया जाए।

हां, शुरू-शुरू में तुम बहुत रिक्त महसूस करोगे क्योंकि तुम्हारे भीतर परमात्मा का वह स्थान भरा हुआ था, लाखों वर्षों से वह वहां था; तुम्हारे हृदय का पवित्र 'गर्भगृह' परमात्मा की धारणा से भरा हुआ था। अब, अचानक उसे बाहर फेंककर तुम रिक्त महसूस करोगे, भयभीत, खो गया

हुआ। लेकिन रिक्त महसूस करना अच्छा है, भयभीत महसूस करना अच्छा है, खो गया हुआ महसूस करना अच्छा है, क्योंकि यही असलियत है, और पहले तुम जो महसूस कर रहे थे वह मात्र कल्पना थी। कल्पनाएं ज्यादा काम नहीं आ सकतीं—तुम्हें थोड़ी सांत्वना दे सकती हैं, लेकिन सांत्वना कोई अच्छी बात नहीं है।

जरूरत रूपांतरण की है, सांत्वना की नहीं। जरूरत है उन सब बीमारियों के इलाज की जिन्हें तुम ढो रहे हो, सांत्वनाओं की नहीं।

तो पहली बात है : परमात्मा को हटाओ' किसी 'गोडोट' का इंतजार मत करो। वह है ही नहीं। कभी नहीं रहा है।

फ्रेडरिक नीत्शे ने कहा है...मैं उससे असहमत हूं, लेकिन मेरी असहमति औरों की असहमति से, बाकी सारे लोग जो असहमत हैं उनसे भिन्न है। नीत्शे कहता है, "ईश्वर मर गया है।" निश्चित ही ईसाई असहमत हैं, मुसलमान असहमत हैं, हिन्दू असहमत हैं, बौद्ध असहमत हैं, हर कोई फ्रेडरिक नीत्शे के खिलाफ रहा है। मैं भी उसके खिलाफ हूं, लेकिन मेरे खिलाफ होने का कारण है कि ईश्वर मरा नहीं है क्योंकि वह कभी जीवित ही नहीं था। यह कहना भी कि "ईश्वर मर गया है", यह स्वीकार करना है कि वह कभी था और अब नहीं है। नहीं, पहली बात वह कभी था ही नहीं। आदमी कल्पना में जीया है।

और यह परिस्थिति, यह दुख, यह बढ़ता हुआ तनाव...तनाव इतना ज्यादा है क अब अति विकसित देशों में मृत्यु लाने वाला दूसरा सबसे बड़ा कारण कोई बीमारी नहीं, आत्महत्या है। व्यक्ति इतनी बुरी तरह तनावग्रस्त महसूस करता है, दिन-प्रतिदिन, और इससे बाहर निकलने का कोई रास्ता दिखता नहीं लगता। और संताप बढ़ता जाता है। और व्यक्ति को कोई कारण भी नहीं दिखाई देता कि आखिर हम पीड़ा झेल काहे के लिए रहे हैं? हमें पीड़ा में क्यों पड़े होना चाहिए? हमने किया क्या है?

जीवन ही व्यर्थ लगने लगता है। बुद्धिमान व्यक्ति के जीवन में एक बिंदु आता है जब वह देखता है कि सब असार है, अर्थहीन है। तब फिर किसलिए घसिटते रहें? इसे खत्म ही क्यों न कर डालें? इससे छुटकारा ही क्यों न पा लें? इसने तुम्हें दर्द के सिवाय कुछ नहीं दिया है। यह तुम्हें दर्द के सिवाय और कुछ देने नहीं जा रहा है। हां, एक अफीम है कहीं पर...आशा। शायद कल हालात कुछ भिन्न हों। शायद आज नहीं तो कल तुम आनंद के कुछ पल अपनी मुट्ठी में पकड़ सको।

लेकिन इतने पर भी...इतने-भर के लिए जिए जाना सार्थक नहीं लगता। दर्दों का इतना बड़ा कारवां, और कभी-कभार एकाध क्षण जब तुम मुस्कुरा सको, हंस सको। और जब तक तुम मुस्कुराओ, वह जा चुका। शायद वह क्षण भी तुम्हारी कल्पना ही है। सिर्फ अपने को चलाए रखने के लिए तुम उन बातों के सपने देखने लगते हो जो वास्तव में हैं ही नहीं; तुम चाहते थे कि वे हों। दरअसल सपनों का काम ही यही है...

शायद 99.9 प्रतिशत अथवा उससे भी अधिक लोगों को सपनों की जरूरत होती है, रात में छः घंटे तक सपने। और क्या तुम सोचते हो, सारी कहानी इतनी ही है? क्या तुम दिन में भी सपने ही नहीं देख रहे हो?

किसी भी समय अपनी आंखें बंद करो और तुम पाओगे, सपना मौजूद है, चल ही रहा है। सपना सदा वहां मौजूद है। तुम मुझे सुन रहे हो, और भीतर एक सपना होगा। तुम रास्ते पर चल रहे हो, और तुम्हारे भीतर सपना सरक रहा है। हां, अवश्य जब तुम जागे हुए होते हो, तुम्हारा खयाल बंटा हुआ होता है। तुम्हें बाह्य जगत् के प्रति सजग होना पड़ता है, नहीं तो लोग सोचते हैं तुम न जाने किस जगत् में खोए हुए हो। तुम किसी जगत् में खोए हुए नहीं हो, तुम अपने भीतर खोए हुए हो? तुम्हारा खयाल अब बाहर नहीं है। तुम सपनों से घिर गए हो और वस्तुगत जगत को भूल गए हो।

छः घंटे रात में और दिन में कितने घंटे? अब तक किसी ने इसका हिसाब नहीं लगाया है कि दिन में कितने घंटे। मैं नहीं समझता कि रात में तुम्हें जिस तरह दो घंटे मिलते हैं वैसे दिन में स्वप्नरहित दो घंटे भी मिलते हों। मैं इसलिए नहीं सोचता कि दिन में तुम्हें स्वप्नरहित दो घंटे मिलते हैं। क्योंकि अगर तुम्हारे पास दो घंटे भी बिना सपनों के हो सकें, पूरी तरह जागे हुए, तो वे दो घंटे तुम्हारा ध्यान बन जाएंगे। वे तुम पर अतिशय कीमती रहस्य उद्घाटित करेंगे।

लेकिन सामान्य मानवता, औसत आदमी को सपनों की जरूरत है? क्यों? क्योंकि जीवन अपनी असलियत में इतना असंतोषजनक, इतना कुरूप, इतना दुर्गंधयुक्त रूप से कुरूप है। वे सपने उसकी एवज में हैं। वे सुंदर हैं। वे तुम्हारे जीवन में सुगंध, आशा, कल्पना ले आते हैं; वे तुम्हें अविक्षिप्त बने रहने में मदद करते हैं। यथार्थ तुम्हें पागल कर देगा।

और मेरे लिए ईश्वर, पवित्र आत्मा, ईश्वर का पुत्र, और पोप— भ्रमातीत पोप...अवश्य उसे भ्रमातीत होना ही चाहिए; वह मसीहा का प्रतिनिधित्व करता है, ईश्वर से उत्पन्न एकमात्र पुत्र का, उससे भूलें कैसे हो सकती हैं?

और हर धर्म में इस तरह की बातें हैं। तुम्हें इन लोगों की जरूरत है। ये तुम्हारे दुखों द्वारा रचित कल्पनाएं हैं। चालाक लोग तुम्हारे दुख का उपयोग तुम्हारे शोषण के लिए करते हैं और अपनी शक्ति की दौड़ के लिए।

राजनीतिकों को भी इन लोगों की जरूरत होती है। अडोल्फ हिटलर जैसे पागल राजनीतिक को भी ईश्वर के आशीर्वाद की जरूरत होती है। और कोई ईश्वर न हो तो अडोल्फ हिटलर को आशीर्वाद कौन देगा? और जर्मनी के प्रधान ईसाई पादरी उन्हें आशीर्वाद देते हैं—अब यह चमत्कार देखो! अडोल्फ हिटलर को ईश्वर के पुरोहित से आशीर्वाद मिल रहा है : "तुम सफल होओगे।" उधर इंग्लैंड में, उसी ईश्वर का पुरोहित चर्चिल को आशीर्वाद दे रहा है : "तुम्हें सफलता मिलेगी।" बेनिटो मुसोलिनी को स्वयं पोप आशीर्वाद दे रहे हैं, "तुम सफल होओगे।" और कोई इस विरोधाभास को नहीं देखता कि एक ही ईश्वर, एक ही भ्रमातीत पोप...और यह जर्मन पादरी पोप के अधीन है!

लेकिन पोप बेनिटो मुसोलिनी को आशीर्वाद देने के लिए मजबूर है, नहीं तो मुसोलिनी उसे निकाल बाहर करेगा और किसी दूसरे व्यक्ति को पोप बनाएगा, जो उसे आशीर्वाद देने के लिए तैयार है। बेनिटो मुसोलिनी जब सत्ता में है, वह फासिस्ट नहीं है। पोप तक कहता है : "वह सर्वाधिक बुद्धिमान व्यक्ति है, सर्वाधिक लोकतांत्रिक, सर्वाधिक मानवीय"; बेनिटो मुसोलिनी! और वही पोप, बेनिटो मुसोलिनी की हार के बाद, उसे एक फासिस्ट घोषित करेगा। और ये भ्रमातीत लोग हैं? अब कोई दूसरा राजनीतिक है जिसे आशीर्वाद दिया जाना है, जो बेनिटो मुसोलिनी के खिलाफ है; वे उसे भी आशीर्वाद देंगे।

क्या तुम पंडित-पुरोहितों और राजनेताओं के बीच की इस सामान्य साजिश को नहीं देख सकते ? जनता की आंखों में धूल झोंकी जाती। पुरोहित परमात्मा से प्राप्त मंजूरी देता है, प्रमाणपत्र देता है कि राष्ट्रपति होने के लिए यही सही व्यक्ति है, उप-राष्ट्रपति होने के लिए, प्रधानमंत्री होने के लिए यही सही व्यक्ति है। निश्चित ही राजनीतिक को इस सब की जरूरत है क्योंकि जनता पुरोहित की सुनेगी : "पुरोहित निष्पक्ष है, उसे राजनीति से कोई लेना-देना नहीं है, वह राजनीति से ऊपर है"...वह नहीं है! पुरोहित राजनीतिकों के हाथों में है।...

मैं तुमसे यह कह रहा हूं कि ये राजनीतिक और ये पंडित-पुरोहित लगातार साजिश में रहे हैं, हाथ में हाथ मिलाकर काम करते रहे हैं।

अब प्रत्येक महा-शक्तिशाली देश परमाणु हथियारों से भरे हुए हैं। इतना अधिक कि यदि हम चाहें तो ऐसी सात सौ पृथ्वियों को विनष्ट कर सकते हैं, इसी क्षण। इतनी परमाणु-शक्ति है, कि प्रत्येक व्यक्ति को सात सौ बार मारा जा सके—यद्यपि उसकी जरूरत नहीं है, एक बार काफी है, लेकिन राजनीतिक कोई मौका नहीं लेना चाहते। उनके चेहरे सब मुखौटे हैं। वे कहते कुछ हैं, करते कुछ और हैं। और यह शक्ति ऐसे लोगों के हाथ में है। कोई भी सिरफिरा बटन दबा सकता है और समूची मानवता को समाप्त कर सकता है, समूची मानवता को, पृथ्वी पर के समूचे जीवन को।

लेकिन शायद गहरे में, मनुष्यता भी इससे छुटकारा पाना चाहती है। शायद व्यक्तिगत रूप से उनमें आत्महत्या करने की हिम्मत नहीं है, लेकिन विशाल पैमाने पर वे तैयार हैं।

सदा स्मरण रखना, व्यक्तियों ने कभी बहुत बड़े अपराध नहीं किए हैं। यह सदैव भीड़ें हैं जो बड़े-बड़े अपराध करती हैं। क्योंकि भीड़ में कोई व्यक्ति यह नहीं महसूस करता कि जो हो रहा है उसके लिए मैं जिम्मेदार हूं। वह सोचता है, मैं तो बस लोगों को संग-साथ दे रहा हूं। व्यक्तिगत रूप से जब तुम कुछ करते हो तो करने से पहले तुम्हें तीन बार सोचना पड़ता है। तुम कर क्या रहे हो? क्या यह ठीक है? क्या तुम्हारी चेतना ऐसा करने की इजाजत देती है? लेकिन नहीं, जब भीड़ होती है तो तुम भीड़ में खो जा सकते हो। किसी को कभी पता नहीं चलेगा कि तुम भी उसमें शामिल थे।

जर्मनी जैसा देश भी, जिसके बारे में कहा जा सकता है कि वह सर्वाधिक बुद्धिमान, सुसंस्कृत, परिष्कृत देशों में एक है, जिसने महान कवि, चित्रकार, वैज्ञानिक, दार्शनिक दिए हैं,...हर आयाम में जर्मनी का योगदान बहुत बड़ा है...लेकिन व्यक्ति हैरान रह जाता है कि यह हीगल, फ्युरबाख, काण्ट, मार्क्स, फ्रायड, आइंस्टीन का देश—यह देश अडोल्फ हिटलर की शक्ति के वश में आ गया, जो और कुछ नहीं बस एक पागल आदमी था।

हुआ क्या? मार्टिन हाइडिगर जैसे व्यक्ति ने भी, जो कि समकालीन जगत् का सर्वश्रेष्ठ दार्शनिक था, हिटलर का समर्थन किया। यह सोचकर ही इतना धक्का लगता है...मैं सदा इस व्यक्ति का प्रशंसक रहा हूं, क्योंकि उसकी बुद्धि अतुलनीय है। अन्य दार्शनिक मीलों पीछे हैं। सार्त्र, मार्सेल, जेस्पर्स—मीलों पीछे हैं। कोई भी इस व्यक्ति के निकट नहीं है; उसे समझना तक आसान नहीं है। लेकिन उसने अडोल्फ हिटलर का समर्थन किया। और जब

राजनीतिक के पास राजनैतिक शक्ति है, पुरोहित के पास धार्मिक शक्ति है। राजनीतिक पुरोहित का संरक्षण करता है, पुरोहित राजनीतिक को आशीष देता है—और जनता का शोषण होता है, उसे चूसा जाता है; दोनों ही उसका खून चूसते हैं।

परमात्मा को हटाओ और तुम राजनीतिकों को हटाते हो, राजनीति को हटाते हो, पंडित-पुरोहितों को हटाते हो, पंडित-पुरोहित और राजनीतिक के बीच की साज़िश को हटाते हो।

और इन दोनों के हटाए जाने से तुम्हारे पचास प्रतिशत दुख विदा हो जाएंगे।

और परमात्मा की धारणा तुम्हें एक बेहतर जीवन के सपने देती है..मृत्यु के बाद, शायद स्वर्ग में, या किसी और जन्म में। तो बहुत चिंता करने योग्य भी कोई बात नहीं है—यह जीवन, यह एक क्षुद्र-सी बात है, क्या फर्क पड़ता है? करोड़ों-करोड़ों प्रकाश-वर्षों के बीच सत्तर वर्ष, क्या फर्क पड़ता है? इसकी कोई गणना ही नहीं है...

तो धर्म लोगों को समझाते रहे हैं: "सत्तर साल किसी गिनती में नहीं आते। यह दुख बीत जाएगा। और यदि तुम उसके खिलाफ संघर्ष किए बिना उसे गुजरने दोगे तो अगला जन्म, मृत्यु के पार का जीवन तुम्हारे लिए बड़े पुरस्कार लानेवाला है।"

ये हैं वे लोग जिन्होंने तुम्हें पृथ्वी पर परिस्थितियों में कोई परिवर्तन करने से वंचित किया है।

विशेषतः, उन्होंने मनुष्य का रूपांतरण होने से रोक दिया है; क्योंकि समस्त पीड़ा जो तुम अपने आसपास देखते हो, उसकी जड़ें मनुष्य में हैं। और यदि मनुष्य वैसा का वैसा बना रहा, तो यह तनाव बढ़ता जाएगा, यह संताप बढ़ता जाएगा।

हर सम्भावना है कि इस सदी के अंत तक पूरी मनुष्यता आत्मघात कर लेगी : एक सार्वभौम युद्ध।

और इसकी सम्भावना के बारे में सोचना बहुत कठिन नहीं है, क्योंकि लोग जो सत्ता में हैं, लोग जिनके पास पारमाणविक हथियार हैं, वे इतनी तीसरी श्रेणी के हैं। ऐसा लगता है कि सफल राजनीतिक होने के लिए तुम्हें सर्वथा बुद्धिहीन, धर्मांध, झूठा, निरंतर आश्वासन देते रहनेवाला—यह भलीभांति जानते हुए कि कोई आश्वासन पूरे होनेवाले नहीं—प्रवंचक, खूबसूरत शब्दों के पीछे कुरूप तथ्यों को छिपानेवाला होना चाहिए।

जर्मनी युद्ध में हार गया और अडोल्फ हिटलर ने आत्महत्या कर ली, तब वह जैसे किसी सपने से जागा। तब उसे होश आया कि उसने क्या कर डाला था : "यह आदमी तो बिलकुल पागल था, और मैंने उसका समर्थन किया!"

यही है जो मैं कहता हूं : तुम्हारी आंखें पूरी खुली हों तो भी तुम सपने देख रहे हो सकते हो। अब वह सपने देख रहा था और अपने सपने अडोल्फ हिटलर पर प्रक्षेपित कर रहा था; क्योंकि उसने देखा कि इस आदमी के पास शक्ति है, जनसमूह को प्रभावित करने की शक्ति है, जो कि मार्टिन हाइडिगर के पास नहीं थी। वह एक छोटा-सा अभिभाषण भी नहीं दे सकता था, क्योंकि सब लोग उठकर चले जाएंगे। जिस ढंग से वह बोलता था, जिन बातों के बारे में वह बोलता था, जटिलताएं जो वह ले आता था...अब कौन उसे सुननेवाला था?

जनसमूह पर उसका कोई प्रभाव नहीं था, और उसने अडोल्फ हिटलर को देखा—जनसमूह बस मंत्र-विमुग्ध था, लगभग सम्मोहन की स्थिति में, तो उसने प्रक्षेपित किया कि वह जो स्वप्न देखता है— कि यह संसार कैसा होना चाहिए—उसे यह आदमी सम्भव बना सकता है। लेकिन वह सरल था। उसकी समझ में नहीं आया कि इस आदमी के अपने ही पागल खयालात हैं कि उसे संसार का क्या करना है। वह किसी दार्शनिक की सुननेवाला नहीं है। और कम-से-कम मार्टिन हाइडिगर तो बिलकुल ही उसकी समझ से परे था। वह तो उसके साथ बोधगम्य वार्तालाप भी नहीं कर पाता।

धर्मों ने मनुष्य को जीने के लिए कल्पनाएं दी हैं। अब वे सारी कल्पनाएं चूर-चूर हो गई हैं और आदमी के पास कुछ भी नहीं बचा है। जिसके लिए वह जिए। इसलिए इतना संताप है।

संताप चिंता की सामान्य स्थिति नहीं है। चिंता हमेशा किसी खास समस्या पर केंद्रित होती है। तुम्हारे पास धन नहीं है, तो चिंता है; तुम्हारे पास पर्याप्त कपड़े नहीं हैं और सर्दियां आ रही हैं, तुम्हारे भीतर एक किस्म की चिंता पैदा होती है; तुम बीमार हो और तुम्हारे पास दवाई नहीं है, तो चिंता है। चिंता किसी समस्या के विषय में होती है।

संताप के लिए समस्या जैसी कोई बात नहीं होती। होना मात्र निष्फल, नि:सार मालूम होता है। सांस लेनामात्र स्वयं को घसीटे जाना लगने लगता है, क्योंकि कल भी क्या हो जाने वाला है? बीते कल भी तुम सोच रहे थे कि कल कुछ होनेवाला है। अब, यह बीते कल का कल है, जो कि आज की तरह आया है—और कुछ भी हुआ नहीं। और ऐसा ही यह वर्षों से चलता

आया है। और तुम कल पर प्रक्षेपित किए चले जाते हो।

एक क्षण आता है जब तुम यह समझने लगते हो कि कुछ भी होनेवाला नहीं है। तब संताप की स्थिति आती है। संताप में, एक ही बात रहती लगती है : कैसे भी इस जीवन-चक्र से छूट जाएं—इसलिए आत्महत्या, आत्महत्या की बढ़ती हुई दर। और मनुष्यता की एक अचेतन इच्छा कि तीसरा विश्व युद्ध हो जाए...तो मैं जिम्मेदार नहीं हूं कि मैंने आत्महत्या कर ली...विश्व युद्ध ने सबको मार डाला, और मुझे भी मार डाला।

लेकिन यह पूरी परिस्थिति बदली जा सकती है।

हमें पुराने आदमी का परिवेश-भर बदलना होगा : ईश्वर को हटाओ स्वर्ग और नर्क को हटाओ, भविष्यकालीन पुरस्कार की धारणा को हटाओ—और इस धारणा को हटाओ कि कोई मसीहा तुम्हें तुम्हारे दुखों से मुक्त करने आनेवाला है।

इस धारणा को हटाओ कि तुम्हारे दुख और कष्ट के लिए कोई अन्य जिम्मेदार है; इस धारणा को हटाओ कि कोई अन्य तुम्हारे जीवन को अर्थ दे सकता है...

ईश्वर है नहीं। उसके साथ ही पवित्र आत्मा विदा हो जाती है, पुत्र विदा हो जाता है। ईश्वर ही समूची कल्पना का केंद्र-बिंदु है। उस केंद्रीय अवधारणा को हटाओ और ताश के पत्तों से बना पूरा महल बस धराशायी हो जाता है। मात्र एक हलके से आघात की जरूरत है...

स्वीकार करो कि तुम अकेले हो, अकेले पैदा हुए और अकेले ही मरोगे; और तुम्हें इस तथ्य को स्वीकार करना पड़ेगा कि तुम अकेले जी रहे हो—हो सकता है भीड़ में, लेकिन तुम जी अकेले रहे हो। हो सकता है। तुम्हारी पत्नी, प्रेमिका, प्रेमी साथ हो, लेकिन वे अपने अकेलेपन में अकेले हैं, तुम अपने अकेलेपन में अकेले हो। और वे अकेलेपन एक-दूसरे को छूते नहीं, कभी नहीं छूते एक-दूसरे को। कि तुम किसी के साथ बीस साल, तीस साल, पचास साल क्यों न जी लो, उससे कुछ फर्क नहीं पड़ता, तुम अजनबी ही बने रहोगे।

तुम सदा-सदा अजनबी रहोगे।

इस तथ्य को स्वीकार करो कि हम अजनबी हैं; कि मैं नहीं जानता तुम कौन हो, कि तुम नहीं जानते मैं कौन हूं। मैं स्वयं नहीं जानता कि मैं कौन हूं तो तुम कैसे जान सकते हो?

लेकिन लोग माने बैठे हैं कि पत्नी को पति का पता होना ही चाहिए;

पति मान रहा है कि पत्नी को पति को जानना चाहिए। सब लोग इस भांति व्यवहार कर रहे हैं जैसे हर कोई मन को पढ़नेवाला है, और इसके पहले कि तुम कहो, तुम्हारी जरूरतें, तुम्हारी समस्याएं उसे जान लेना चाहिए...पति को जान लेना चाहिए, पत्नी को जान लेना चाहिए—और उन्हें कुछ करना चाहिए। अब यह सब बिलकुल बकवास है।

तुम्हें कोई नहीं जानता, तुम भी नहीं, तो मत अपेक्षा करो कि कोई अन्य तुम्हें जाने। वस्तुओं के स्वभाव में ही वह सम्भव नहीं है।

हम अजनबी हैं। सम्भवतः संयोगवश हम मिल गए हैं और साथ हैं, लेकिन हमारा अकेलापन है ही। उसे मत भूलो, क्योंकि तुम्हें उस पर काम करना है। केवल वहीं से तुम्हारी मुक्ति है, मोक्ष है।

लेकिन तुम इससे ठीक उलटा कर रहे हो : अपने अकेलेपन को कैसे विस्मृत किया जाए? प्रेमी, प्रेमिका; सिनेमा जाओ, फुटबाल मैच; भीड़ में खो जाओ, डिस्को में नाचो, खुद को भूल जाओ, शराब पीओ, नशीली दवाएं लो, लेकिन किसी तरह इस अकेलेपन को अपने चेतन मन में मत आने दो—और वहीं पर सारा रहस्य छिपा है।

तुम्हें अपने अकेलेपन को स्वीकार करना होगा; उससे तुम किसी उपाय से बच नहीं सकते। और उसका स्वभाव बदलने का भी कोई उपाय नहीं है। वह तुम्हारी प्रामाणिक असलियत है। वह तुम हो।

और तुम स्वयं से बच रहे हो। फिर दुख पैदा होगा, फिर समस्याएं खड़ी होंगी। और एक समस्या को सुलझाने में तुम दस और खड़ी कर लोगे, और इसी तरह बात चलती रहेगी, बात बढ़ती रहेगी। शीघ्र ही तुम्हारे चारों ओर सिर्फ समस्याएं ही समस्याएं होंगी और तुम अपनी समस्याओं में ही डूब रहे होओगे। फिर तुम आवाज लगाते हो, "ये तनाव क्यों बढ़ते जा रहे हैं? इतनी पीड़ा क्यों है? इतना दुख क्यों है?"—जैसे किसी के पास इसके लिए बना-बनाया उत्तर है। हां, किसी के पास है—वह तुम हो।

क्योंकि मैंने अपने भीतर वह उत्तर खोज लिया है, इसलिए मैं तुमसे अधिकारपूर्वक कहता हूं।

यह अधिकार किसी परमात्मा से, किसी मसीहा से, किसी वेद, किसी कुरान, बाइबिल से नहीं लिया गया है; नहीं। यही अधिकार मेरे अनुभव से प्राप्त हुआ है।

जिंदगी-भर मैं लाखों लोगों के बीच रहा हूं, लेकिन कभी एक क्षण के लिए भी यह नहीं भूला कि मैं अकेला हूं, कि मेरा अकेलापन अगम है,

कोई उस तक पहुंच नहीं सकता।

वह केवल मुझे ही उपलब्ध है, क्योंकि वह मैं ही हूं।

तो जैसे ही तुम स्वयं से भागना बंद करते हो, अपने को किसी तरह की नशीली दवाओं, सम्बंधों, धर्मों, मानवता की सेवा आदि में नहीं डुबोते हो...अब कुछ लोग इसे कर रहे हैं। यह स्वयं से पलायन के सिवाय और कुछ नहीं है। लेकिन उनके अहंकार की तृप्ति होती है क्योंकि वे मानवता की सेवा कर रहे हैं।

मैं ऐसे बहुत सेवकों को जानता हूं, महान सेवकों को, और जब मैंने उनसे बातचीत की और उन्हें मुद्दे पर लाया और उनकी नस पकड़ ली तो वे सबके सब शब्दशः रो पड़े और बोले, "शायद आप सही हैं, हम भाग रहे हैं। हम सोच रहे थे कि हम इन गरीब लोगों की सेवा करने जा रहे हैं, लेकिन ऐसा लगता है कि हम अपनी ही किसी समस्या का हल नहीं कर सके हैं। यह पलायन को ढंग सर्वोत्तम लगा।" तुम समस्याओं को बगल में कर दे सकते हो। और तुम इतने स्वार्थी कैसे हो सकते हो कि जब पूरी मनुष्यता पीड़ा झेल रही हो तब तुम अपनी ही समस्याओं में उलझे रहो? जब सब लोग दुख झेल रहे हैं, उनकी सहायता करो। तो तुम एक सुंदर लिबास में ढंककर अपनी समस्याएं एक बगल रख सकते हो—उनके बारे में सोचना भी स्वार्थपूर्ण है।

लेकिन उन समस्याओं के साथ तुम किसकी सहायता करनेवाले हो और कैसे? तुम अपनी समस्याएं किसी ऐसे पर उंडेल दोगे जिसकी तुम सेवा करने जा रहे हो। पति पत्नी पर उंडेल देगा, पत्नी पति पर उंडेल देगी। मां-बाप बच्चों पर उंडेल देंगे। और हर कोई अपनी समस्याएं दूसरों पर उंडेल रहा है बिना यह देखे कि दूसरा भी वही करने की कोशिश कर रहा है।

दूसरों पर अपनी समस्याएं उंडेलना बंद करो।

तुम्हें सुलझानी हैं अपनी समस्याएं, और हर व्यक्ति को सुलझानी हैं। उसकी अपनी समस्याएं।

और समस्याएं तमाम नहीं हैं। एक ही समस्या है जिसे तुमने नहीं सुलझाया है और जिसने अनसुलझी समस्याओं की श्रृंखला को जन्म दे दिया हैं।

और समस्या है : तुम्हारे अकेलेपन में बिना किसी भय के प्रवेश कैसे करना। और जैसे ही तुम अपने अकेलेपन में निर्भयता से प्रवेश करते हो, वह इतना सुंदर और मस्तीभरा अनुभव है कि उसकी तुलना में और कुछ भी

नहीं है।

यह समस्या जरा भी नहीं है। यह तुम्हारी सारी समस्याओं का समाधान है। लेकिन तुमने उसे समस्या बना लिया है, क्योंकि तुमने औरों की सुनी है और उनका अनुसरण किया है—अंधे नेताओं और पंडित-पुरोहितों का अनुसरण कर रहे अंधे लोग। और वे सब एक वर्तुल में चक्कर काट रहे हैं, और हर व्यक्ति मानता है कि उसके आगेवाला आदमी देखने में सक्षम है और आगेवाले आदमी की भी यही हालत है। वह किसी और व्यक्ति का कोट या शर्ट पकड़े हुए है, यह मानकर कि उसे पता है कि वह कहां जा रहा है—और वे सबके सब एक वर्तुल में घूम रहे हैं, कोई कहीं नहीं जा रहा है।

अनुयायी नेताओं का अनुसरण कर रहे हैं, नेता अनुयायियों का अनुसरण कर रहे हैं...

तुम्हें रुकना होगा और नेताओं और अनुयायियों के इस मूढ़तापूर्ण खेल से बाहर आना होगा। तुम्हें बस स्वयं-भर होना है, और स्मरण रखना है कि तुम अकेले पैदा हुए थे, इसलिए अकेलापन तुम्हारी असलियत है; कि तुम अकेले मरोगे, इसलिए अकेलापन तुम्हारी असलियत है।

और जन्म और मृत्यु के बीच, इन दो छोरों के बीच जहां तुम नितांत अकेले हो, जीवन कुछ और कैसे हो सकता है? वह प्रतिपल अकेला है।

तो उसे हर्षोल्लास के साथ स्वीकार करो, उसके भीतर जितना अधिक सम्भव हो उतरो, जितनी बार सम्भव हो उत्तरो।

यही मेरे धर्म का मंदिर है।

वह पत्थरों या संगमरमर से नहीं बना है; वह तुम्हारी चेतना से बना है।

उसके भीतर प्रवेश करो। और जितने गहरे तुम जाते हो, उतनी ही दूर समस्याएं होती हैं। जिस क्षण तुम अपने प्राणों के केंद्र को छू लेते हो, तुम घर आ गए। और उस बिंदु से तुम बाहर आ सकते हो और जो करना चाहो कर सकते हो। वह सहायता होगी, वह सेवा होगी, वह बांटना होगा। तुम किसी पर कुछ भी लाद नहीं रहे होओगे।

एक तरफ पंडित-पुरोहितों ने तुम्हें परलोक की कामना, परलोक की, कल की महत्त्वाकांक्षा दी है। राजनीतिक तुम्हें इहलोक दे रहा है—तुम राष्ट्रपति बन सकते हो। अमरीका में कोई भी राष्ट्रपति बन सकता है, सभी नागरिक समान हैं। क्या बकवास है! कोई भी दो नागरिक समान नहीं हैं,

और उनमें से ज्यादा धूर्त ही राष्ट्रपति बननेवाला है, सभी नहीं। कम-से-कम वे तो बिलकुल नहीं जो किसी को कोई मदद कर सकते।

केवल महत्त्वाकांक्षी लोग ही किसी भी देश में सर्वोच्च राजनैतिक पद पर पहुंच सकते हैं, क्योंकि यह एक दौड़ है, और उसमें सब कुछ दांव पर लगाने के लिए तुम्हें परम महत्त्वाकांक्षी होना पड़ेगा। और तुम्हें इसकी फिक्र नहीं लेनी होगी कि तुम क्या कर रहे हो, वह सही है या गलत। तुम्हें लक्ष्य अपने दिमाग में रखना होगा और फिर उस लक्ष्य तक पहुंचने के लिए तुम्हें जो भी ठीक लगे वह सब करो—फिर वह सही हो या गलत हो, इसका सवाल नहीं है। यदि तुम असफल हुए, तो सब कुछ गलत है; यदि तुम सफल हुए, तो सब कुछ सही है। सफलता सही है, असफलता गलत है—इस प्रकार राजनीतिक सबको प्रशिक्षित करते रहे हैं।

पंडित-पुरोहितों और राजनीतिकों ने तुम्हारे भीतर जो डाल दिया है उसे गिर जाने दो; और जैसे-जैसे तुम स्वयं को निर्भार करते जाते हो, तुम्हें अपनी विशुद्ध आत्मा की झलकें मिलनी शुरू हो जाती हैं।

उसे ही मैं ध्यान कहता हूं।

एक बार स्वाद लिया तो वह सदा के लिए रूपांतरित कर देता है।

दि रजनीश बाइबिल, भाग 1— अध्याय 15
(अंश)

भगवान श्री रजनीश के जीवन से कुछ जीवनकथात्मक तथ्य और घटनाएं

बचपन के वर्ष

1931 भगवान श्री रजनीश का जन्म 11 दिसम्बर, 1931 को कुचवाड़ा, मध्यप्रदेश में एक शालीन जैन वस्त्र-व्यापारी के ज्येष्ठ पुत्र के रूप में हुआ। उनके प्रथम सात वर्ष अपने नाना-नानी के साथ बीते, जिन्होंने उनको अपनी इच्छानुकूल कुछ भी करने की समग्र स्वतंत्रता दी, और जिन्होंने जीवन सत्यों में उनकी प्रारम्भिक तीव्र खोजों को पूरा समर्थन दिया।

1938 अपने नाना की मृत्यु के बाद, वे 20,000 आबादीवाले नगर गाडरवारा में अपने माता-पिता के साथ रहने आ गए। उनकी नानी भी वहीं आ गईं, जो 1970 में अपनी मृत्यु होने तक उनकी सबसे उदात्त मित्र बनी रहीं और जिन्होंने अपनी मृत्यु के समय स्वयं को अपने पोते की शिष्या होने की बात कही।

1946 चौदह वर्ष की अवस्था में भगवान को पहली 'सतोरी' का अनुभव हुआ। आनेवाले वर्षों में, ध्यान में उनके प्रयोग गहराते गए। आध्यात्मिक खोज की उनकी उत्कटता ने

उनके शारीरिक स्वास्थ्य पर कुप्रभाव डाला। उनके माता-पिता एवं मित्रों को भय हुआ कि शायद वे अधिक समय न जी सकें।

विश्वविद्यालय के वर्ष

1952 इक्कीस वर्ष की अवस्था में, 21 मार्च, 1953 को भगवान आत्मज्ञान को उपलब्ध हुए, जो मनुष्य चेतना का सर्वोच्च शिखर है। यहां, उन्होंने कहा, उनकी बाह्य जीवनकथा का अंत हो गया, और तब से वे जीवन के आंतरिक नियमों के साथ अहंशून्य एकात्मकता में जी रहे हैं। बाह्यरूप से, उन्होंने सागर विश्वविद्यालय में अपना अध्ययन-कार्य जारी रखा और सन् 1956 में वहीं से दर्शनशास्त्र में एम.ए. की उपाधि प्रथम श्रेणी में प्रथम रहकर अर्जित की और स्वर्ण-पदक प्राप्त किया। वे अखिल भारतीय वाद-विवाद-सर्वजेता भी रहे हैं।

1957 भगवान ने संस्कृत कॉलेज, रायपुर में शिक्षण-कार्य शुरू किया। एक वर्ष बाद, वे जबलपुर विश्वविद्यालय में दर्शनशास्त्र के प्राध्यापक हो गए। उन्होंने यह पद 1966 में छोड़ दिया, ताकि आधुनिक मनुष्य को ध्यान की कला सिखाने के महतकार्य में स्वयं को पूरी तरह समर्पित कर सकें। समूचे छठे दशक में, वे भारत के कोने-कोने में 'आचार्य रजनीश' के नाम से भ्रमण करते रहे, और इस दौरान वे जहां भी गए व्यवस्था के कोपभाजन बनते रहे। न्यस्त स्वार्थों के पाखंड को उन्होंने उघाड़ दिया, और उनके उन सारे प्रयत्नों को भी जिनके द्वारा वे मनुष्य को उसका सर्वोच्च मानवीय अधिकार प्राप्त करने में बाधा डालते हैं—स्वयं जैसा होने का अधिकार' उन्होंने हज़ारों-हज़ारों श्रोताओं को सम्बोधित किया, और लाखों-लाखों हृदयों को छुआ।

बम्बई के वर्ष

1968 वहां रहते और शिक्षा देते हुए, वे बम्बई में स्थित हो गए। नियमतः वे 'ध्यान-शिविर' लगाते रहे, खासकर पर्वतीय-भ्रमणस्थलों पर, जहां उन्होंने अपनी क्रांतिकारी सक्रिय ध्यान-विधि का सूत्रपात किया, विधि जो मन को रेचन से गुजारकर फिर निश्चल कर देती है। 1970 में उन्होंने लोगों को नव-संन्यास में दीक्षा देनी शुरू की, जो उनके प्रेम और व्यक्तिगत मार्गदर्शन की छत्रछाया में स्वान्वेषण की प्रतिबद्धता है। वे 'भगवान' कहे जाने लगे, जिसका अर्थ होता है : सौभाग्यवान।

1970 पश्चिम के पहले खोजी आए, जिनमें से अनेक पेशेवर लोग थे। भगवान की कीर्ति पूरे यूरोप, अमरीका, आस्ट्रेलिया और जापान में फैलने लगी। मासिक ध्यान-शिविर जारी रहे और 1974 में पूना में एक नया स्थान खोज लिया गया, जहां शिक्षा घनीभूत की जा सके।

पूना के वर्ष

1974 भगवान के इक्कीसवें सम्बोधी-दिवस पर पूना आश्रम का समारम्भ हुआ। भगवान के प्रभाव का घेरा विश्वव्यापी हुआ। उसी समय, उनका स्वास्थ्य जोरों से गिरने लगा। भगवान अधिकाधिक अपने कमरे के एकांत में रहने लगे। केवल दो बार बाहर आते : प्रातः प्रवचन देने के लिए और संध्या समय खोजियों को संन्यास-दीक्षा एवं मार्गदर्शन देने के लिए।

पूरब के ध्यान और पश्चिम की मनश्चिकित्सा का संयोग कर चिकित्सा समूहों का निर्माण हुआ। दो वर्षों के भीतर ही, आश्रम ने 'विश्व का श्रेष्ठतम विकास एवं चिकित्सा केंद्र' होने की ख्याति अर्जित की। भगवान के प्रवचनों ने

विश्व की समस्त महान धार्मिक परम्पराओं को समेट लिया। साथ ही साथ, पाश्चात्य विज्ञान व विचारधारा में उनकी व्यापक विद्वता, उनके वक्तृत्व की स्पष्टता एवं तर्कों की गहनता ने उनके श्रोताओं के लिए पूरब और पश्चिम के बीच के चिर-समादृत अंतराल को विदा कर दिया। उनके प्रवचनों ने, जो ध्वनिमुद्रित एवं अभिलेखन द्वारा पुस्तकाकार किए जाते थे, सैकड़ों पुस्तकों को जन्म दिया, जिन्हें हजारों पाठकों ने आत्मसात किया। सातवें दशक के अंत तक पूना का आश्रम सत्य के आधुनिक खोजियों का केंद्र बन चुका था।

तत्कालीन भारतीय प्रधानमंत्री, मोरारजी देसाई, एक गम्भीर परम्परावादी हिंदू, भगवान के शिष्यों द्वारा आश्रम को भारत के किसी सुदूर कोने में ले जाने के सारे प्रयासों पर पानी फेरते रहे, जहां वे भगवान की शिक्षाओं का उपयोग कर एक ऐसे आत्मनिर्भर समाज का सृजन करना चाहते थे जो ध्यान, प्रेम, सृजनात्मकता एवं हास्य में जीता हो।

1980 परम्परावादी हिंदू समुदाय के एक सदस्य द्वारा भगवान की हत्या कर देने का प्रयास उनके एक प्रवचन के दौरान किया गया। जब तक अधिकृत धर्मों एवं मंदिर-मस्जिद-चर्चें ने पूरब एवं पश्चिम हर जगह इनका विरोध किया, तब तक सारी दुनिया में भगवान के पास ढाई लाख से ऊपर संन्यासी हो चुके थे।

एक नया दौर—रजनीशपुरम, यू.एस.ए.

1981 1 मई से भगवान ने प्रवचन देना बंद कर दिया और एक 'मौन हृदय का हृदय से संवाद' दौर में प्रविष्ट हुए, जबकि अब रीढ़ की बीमारी से गम्भीररूपेण ग्रस्त उनका शरीर विश्राम कर रहा था। उनके डॉक्टर एवं देखभाल करनेवाले सम्भाव्य आपातकालीन शल्यचिकित्सा के दृष्टिकोण से

उन्हें संयुक्त राज्य अमरीका ले गए। उनके अमरीकी शिष्यों ने मध्य ओरेगॉन के अर्द्ध-रेगिस्तानी इलाके में एक 64,000 एकड़ का रैंच (पशुफार्म) खरीदा। उन्होंने भगवान को वहां आमंत्रित किया—जहां वे तेजी से स्वस्थ होने लगे। उनके सान्निध्य में एक आदर्श कृषि कम्यून अविश्वसनीय गति से विकासमान हो उठा, जिसने अति चराई से नष्ट एवं मृतप्राय जमीन को एक लहलहाते मरूद्यान में बदल दिया जो 5,000 व्यकितयों के शहर का भरण-पोषण करता था।

इस नवीन रजनीशपुरम शहर में, भगवान के सारी दुनिया के मित्रों के लिए आयोजित वार्षिक ग्रीष्मकालीन महोत्सव में 20,000 लोगों के आवास एवं भोजन की व्यवस्था रहती थी।

ओरेगॉन के इस कम्यून के त्वरित विकास के समानांतर, सारे प्रमुख पाश्चात्य देशों एवं जापान में बड़े-बड़े कम्यून पैदा हुए, जो स्वयं के स्वतंत्र व्यवसायों पर जीते थे। अब तक भगवाने एक धर्मनेता के रूप में अमरीका में स्थायी आवास के लिए आवेदन कर चुके थे, जो अमरीकी सरकार द्वारा अस्वीकृत किया जा चुका था, दिए गए कारणों में से एक था उनका सार्वजनिक रूप से मौन। साथ-साथ यह नवीन शहर ओरेगॉन सरकार एवं उस राज्य के ईसाई बहुमत के नित बढ़ते जा रहे कानूनी आक्रमणों से घिरा हुआ था। ओरेगॉन के लैंड यूज़ लाज़ (भूमि उपयोग नियम), जिसका आशय पर्यावरण की सुरक्षा था, उस लड़ाई के प्रमुख हथियार बन गए जो एक ऐसे शहर के विरुद्ध लड़ी जा रही थी जिसने बंजर भूमि को उपजाऊ बनाने एवं पर्यावरण को समृद्ध बनाने के लिए भगीरथ प्रयास किया था—वास्तव में एक ऐसा शहर जो सारी दुनिया के लिए जीव-पर्यावरण-सम्बंध-विज्ञान (इकॉलॉजी) का नमूना बन गया था।

अक्तूबर 1984 में, भगवान ने अपने आवास पर एक छोटे से समूह के समक्ष बोलना शुरू कर दिया, और जुलाई

1985 में उन्होंने रजनीश मंदिर में हजारों खोजियों के समक्ष प्रातःकाल प्रवचन देना शुरू कर दिया।

1985 सितम्बर 14 को, भगवान की निजी सचिव और कम्यून के व्यवस्था विभाग के कई सदस्य एकाएक चले गए, और उनके द्वारा किए गए अवैधानिक कृत्यों का एक पूरा ढांचा प्रकाश में आया। भगवान ने अमरीकी अधिकारियों को शहर में आकर पूरे मामले की छानबीन करने का आमंत्रण दिया। अधिकारियों ने इस अवसर का उपयोग कम्यून के खिलाफ चल रहे संघर्ष को गति देने के लिए किया। अक्तूबर 29 को, शॉरलट, न्यू केरोलाइना में भगवान को बिना किसी वारंट के गिरफ्तार किया गया। जमानत की सुनवाइयों के समय वे जंजीरों में होते थे। ओरेगॅन के लिए, जहां उन्हें अदालत में उपस्थित होना था, उनकी वापसी यात्रा—जो सामान्यतः चार घंटे की उड़ान है—आठ दिन में पूरी की गई। कई दिनों के लिए भगवान का कुछ सुराग न था कि वे कहां हैं। बाद में उन्होंने बताया कि ओक्लहॉमा राज्य बंदीगृह में उन्हें 'डेविड वाशिंग्टन' के नाम से दाखिल किया गया था और उन्हें एक एकांतित कोठरी में एक ऐसे कैदी के साथ रखा गया था जो संक्रामक हर्पीज़ का शिकार था, एक ऐसी बीमारी जो भगवान के लिए घातक सिद्ध हो सकती थी।

अंततः जेल से रिहाई के ठीक एक घंटे पर्व—जेलों और जंजीरों में बारह-दिवसीय अग्निपरीक्षा के बाद—पोर्टलैंड, ओरेगॅन की उस आत्यंतिक सुरक्षा जेल में जिसमें भगवान थे, बम रखा पाया गया। प्रत्येक व्यक्ति हटा लिया गया था सिर्फ भगवान को छोड़कर, जो एक घंटे तक अंदर ही रखे गए।

भगवान के जीवन को अमरीकी न्याय-व्यवस्था के हाथों आगे और खतरों में डालने से बचाने के लिए, मध्य नवम्बर में भगवान के वकीलों ने उन से अनुनय-विनय की कि वे उन पर लगाए गए 34 लघु 'आप्रवास

(इमीग्रेशन)-नियमोल्लंघनों' में से दो के प्रत अपराध-स्वीकृति दे दें। भगवान ने वकीलों को मौन-स्वीकृति दे दी और 'एल्फ्रेड प्ली' (एल्फ्रेड-अभिवचन) में शामिल हुए—एक प्ली (अभिवचन) जो अमरीकी न्याय–व्यवस्था की ही अपनी निजी बात है—जिसके अंतर्गत वे अपराध का दावा स्वीकार कर सकते थे और साथ ही साथ अपनी निर्दोषिता भी कायम रख सकते थे। उन्हें चार लाख डालर का जुर्माना किया गया और अमरीका छोड़ देने तथा पांच साल तक न लौटने का आदेश दिया गया। उसी दिन वे प्राइवेट जेट से निकले और उड़कर भारत आए, जहां वे हिमालय में विश्राम करने गए।

एक सप्ताह बाद, ओरेगॅन के कम्यून ने विसर्जित हो जाने का निर्णय लिया।

एक प्रेस-सम्मेलन में, अमरीका के अटॅर्नी चार्ल्स टर्नर ने (अग्रलिखित) प्रश्न का उत्तर देते हुए तीन बहुत सूचक बातें बताईं : उनकी सचिव के खिलाफ लगाए गए आरोप भगवान पर भी क्यों नहीं लगाए गए?

टर्नर ने कहा कि सरकार की पहली प्राथमिकता कम्यून को नष्ट करने की थी और कि अधिकारियों को पता था कि भगवान को हटा दिया जाना इसमें शीघ्रता लाएगा। दूसरी, वे भगवान को एक शहीद नहीं बना देना चाहते थे। तीसरी, उन्हें (भगवान को) एक भी अपराध में लपेटने के लिए कहीं किसी भी प्रकार के कोई सबूत न थे।

विश्व-भ्रमण—मानवीय अधिकारों पर एक अध्ययन

दिसम्बर 1985 भगवान श्री की नई सचिव, उनकी साथी और उनके चिकित्सक के वीसा रद्द कर दिए गए और भारत छोड़ देने का आदेश दिया गया। भगवान काठमांडू, नेपाल चले गए, जहां उन्होंने अपने प्रवचन पुनः प्रारम्भ कर दिए।

फरवरी 1986 — भगवान तीन माह के पर्यटक-वीसा पर ग्रीस गए, जहां वे एक ग्रीक फिल्म निर्माता के महल में ठहरे और नित्य दो बार बोलना प्रारम्भ किया। उन्हें सुनने शिष्यगण इकट्ठे हुए। ग्रीक कट्टरपंथी धर्म-पुरोहितों ने खन की नदियां बहा देने की धमकी ग्रीक सरकार को दी, यदि भगवान देश से न निकाल दिए गए।

मार्च 5, 1986 — पुलिस महल के भीतर घुस आई और भगवान को बिना वारंट के गिरफ्तार किया, और उन्हें एथेंस ले आई जहां केवल 25,000 डॉलर की राशि ही अधिकारियों को विचलित कर सकी भगवान को भारत जा रहे पानी के जहाज में बिठा देने से।

मार्च 6, 1986 — वे एक प्राइवेट जेट में स्विट्जरलैंड के लिए रवाना हुए जहां पहुंचने पर सशस्त्र पुलिस द्वारा उनका सात-दिवसीय वीसा रद्द कर दिया गया। उन्हें 'अमरीका में आप्रवास-नियमोल्लंघन' के कारण 'अवांछित व्यक्ति' बताया गया और चले जाने को कहा गया। वे आगे स्वीडन के लिए बढ़ चले जहां उनका उसी ढंग से स्वागत हुआ—सशस्त्र पुलिस के घेरे द्वारा। उन्हें बताया गया कि वे 'राष्ट्रीय सुरक्षा के लिए खतरा' थे, और तुरंत चले जाने का आदेश दिया गया।

वे इंग्लैंड के लिए आगे बढ़े। अब तक उनके विमान-चालक आठ घंटे का विश्राम लेने के लिए कानून आबद्ध थे। भगवान फर्स्ट-क्लास ट्रांजिट-लाउंज में इंतजार करना चाहते थे, किंतु उन्हें अनुमति नहीं दी गई, न ही उन्हें रात-भर होटल में ठहरने की अनुमति मिली। बजाय इसके, वे और उनके साथी शरणार्थियों से भरी एक नन्ही, गंदी कोठरी में बंद कर दिए गए।

मार्च 7, 1986 — भगवान और उनके साथी आयरलैंड आए, जहां उन्हें

पर्यटक-वीसा दिया गया। वे लिमरिक के पास एक होटल में गए। अगली सुबह पुलिस पहुंची और सब को तुरंत चले जाने का आदेश दिया। बहरहाल, यह सम्भव न था क्योंकि इस बीच भगवान की करीबियन्स में एंटीगुआ के लिए अभीष्ट उड़ान के दौरान विमान को ईंधन लेने हेतु गैंडेर पर उतरने देने के लिए कनाडा इनकार कर चुका था।

ईंधन लेने हेतु उतरने के अधिकार की यह असाधारण अस्वीकृति लॉयड्स, लंदन के एक बांड के बावजूद की गई थी जिसमें इस बात की जमानत थी कि भगवान विमान से बाहर न निकलेंगे।

इस शर्त पर कि कोई प्रचार न होने पाए जो अधिकारियों को शर्मिंदगी में डाल दे, उन्हें आयरलैंड में तब तक बने रहने की स्वीकृति मिली जब तक कि कोई और व्यवस्था न कर ली जाए।

इस प्रतीक्षाकाल में, एंटीगुआ ने भगवान के वहां आने की अनुमति वापस कर ली। जब हालैंड से पूछा गया, उसने भी मना कर दिया। जर्मनी पहले ही एक 'बचाव अध्यादेश' पारित कर चुका था अपने देश में भगवान के प्रवेश की आज्ञा न देने का। इटली में, उनका पर्यटक-आवेदन स्थगन में था—और पंद्रह माह बाद आज भी स्थगन में है...

मार्च 19, 1986 अंतिम क्षण में, उरुग्वे अपने आमंत्रण के साथ सामने आया। और इस प्रकार, मार्च 19 को, भगवान, उनके भक्तगण और सहयात्री डक्कार, सेनेगल होते हुए मांटेवीडियो आए। उरुग्वे ने स्थायी आवास की सम्भावना के द्वार भी खोले। जो भी हो, यह उरुग्वे थी जहां इस बात का भंडाफोड़ लिया गया कि जिस भी देश में भगवान प्रवेश करना चाहते, उन्हें अनुमति क्यों नहीं मिल पाती थी—

'कूटनीतिक गोपनीय सूचनाओं' के टेलेक्सेज़ (सारे ही नाटो सरकारों के सूत्रों से) इंटरपोल की अफवाहों—भगवान के आसपास 'स्मगलिंग के आरोप, ड्रग (मादक-द्रव्य) व्यापार और वेश्यागीरी'—के हवाले देते हुए इन सबके आगे-आगे निरपवाद रूप से सभी सम्भाव्य मेजबान देशों को इतना समय रहते पहुंचते रहे थे कि पुलिस सतर्क की जा सके। उरुग्वे जल्दी ही उसी दबाव के नीचे आ गया।

मई 14, 1986 सरकार ने एक प्रेस-सम्मेलन में घोषणा करने की आयोजना की कि भगवान को उरुग्वे में स्थायी-आवास की अनुमति प्राप्त हो गई।

उस रात उरुग्वे के राष्ट्रपति, सेंगुनेट्टि, को वाशिंग्टन, डी.सी. से यह कहते हुए एक फोन आया कि यदि भगवान उरुग्वे में रहे तो छ: अरब डॉलर का वर्तमान अमरीकी ऋण वापस कर लिया जाएगा, और भविष्य में कोई और ऋण न दिए जाएंगे। 18 जून को भगवान को उरुग्वे छोड़ना पड़ा।

अगले दिन, सेंगुनेट्टि और रीगन ने उरुग्वे के लिए डेढ़ अरब डॉलर के नए अमरीकी ऋण की घोषणा वाशिंग्टन से की।

जून 19, 1986 जमाइका ने भगवान को 10 दिन का वीसा दिया। उनके वहां उतरने के क्षणों भीतर ही, अमरीकी वायुसेना का एक जेट भगवान के प्राइवेट जेट के पास उतरा, और उसमें से दो असैनिक बाहर आए। अगली सुबह, भगवान और उनके दल के वीसा 'कैन्सल' (रद्‌द) कर दिए गए।

भगवान मेड्रिड होते हुए लिस्बॅन आ गए, और कुछ समय के लिए 'लापता' बने रहे किंतु कुछेक सप्ताह बाद उस

मकान के आसपास पुलिस रख दी गई जहां वे विश्राम कर रहे थे। अगले ही दिन भारत वापस लौटने का निर्णय भगवान ने किया।

सब मिलाकर इक्कीस देशों ने या तो उन्हें देश से निष्कासित किया अथवा उन्हें प्रवेश की अनुमति न दी।

जुलाई 29, 1986 — भगवान बम्बई, भारत आ गए, जहां वे एक भारतीय मित्र के निजी मेहमान के रूप में छः महीने रुके। अपने मेज़बान के घर की एकांतता में, उन्होंने अपने दैनिक प्रवचन पुनः शुरू कर दिए।

जनवरी 4, 1987 — भगवान पूना स्थित आश्रम के उस घर में आ गए जिसमें उनका सातवें दशक का अधिकांश समय बीता था।

भगवान के पहुंचने के तुरंत बाद ही, पूना के पुलिस कमिश्नर ने उन्हें पूना छोड़कर चले जाने का आदेश इस आधार पर दिया कि वे एक 'विवादास्पद व्यक्ति' हैं जो 'शहर की शांति भंग कर सकते हैं।' बम्बई हाईकोर्ट द्वारा यह आदेश उसी दिन रद्द कर दिया गया। जिस हिंदू मतांध ने मई 1980 में एक सार्वजनिक प्रवचन के बीच भगवान पर छुरा फेंककर उनकी हत्या करने का प्रयास किया था, उसी ने अब आक्रामक धमकियां देनी शुरू कर दीं कि यदि भगवान पूना से बाहर न निकाल दिए गए तो वह सामरिक-कलाओं में प्रशिक्षित 200 कमांडोज को साथ लेकर आश्रम में जबरदस्ती घुस आएगा और मामले को अपने हाथ में ले लेगा।

साथ ही साथ दुनिया के सारे भारतीय दूतावास, और बम्बई हवाई अड्डे पर आप्रवास-अधिकारी पाश्चात्य लोगों को "आचार्य रजनीश का अनुयायी होने की जानकारी" के अंतर्गत भारत में प्रवेश देना अस्वीकृत करने लगे।

मार्च 15, 1988 यह लिखे जाते समय, 'स्वतंत्र दुनिया' की सरकारों द्वारा भगवान को वस्तुत: आंतरिक-देश निकाला के अलगाव में डाल देने के सारे प्रयासों के बावजूद, हजारों शिष्य यात्राएं कर पूना पहुंच चुके हैं ताकि एक बार फिर से अपने सदगुरु के चरणों में बैठ सकें।

ओशो - एक परिचय

ओशो किसी कोटि में नहीं रखे जा सकते। उनके हजारों प्रवचन अर्थवत्ता की व्यक्तिगत तलाश से लेकर आज समाज के समक्ष उपस्थित सर्वाधिक ज्वलंत सामाजिक व राजनैतिक समस्याओं तक सब-कुछ पर प्रकाश डालते हैं। ओशो की पुस्तकें लिखी नहीं गई हैं, वे अंतर्राष्ट्रीय श्रोताओं के समक्ष उनकी तत्क्षण दी गई ध्वनिमुद्रित ऑडियो/वीडियो वार्ताओं के संकलन हैं। जैसा कि वे कहते हैं: ''तो याद रहे, मैं जो भी कह रहा हूं वह केवल तुम्हारे लिए ही नहीं...मैं भविष्य की पीढ़ियों के लिए भी बोल रहा हूं।''

ओशो को लंदन के दॅ संडे टाइम्स ने ''बीसवीं सदी के १००० निर्माताओं'' में से एक कह कर वर्णित किया है। सुप्रसिद्ध अमरीकी लेखक टॉम राबिन्स ने ''जीसस क्राइस्ट के बाद सर्वाधिक खतरनाक व्यक्ति'' कह कर वर्णित किया है। भारत के संडे मिड-डे ने ओशो को गांधी, नेहरू और बुद्ध के साथ उन दस लोगों में चुना है जिन्होंने भारत का भाग्य बदल दिया।

अपने कार्य के बारे में ओशो ने कहा है कि वे एक नये मनुष्य के जन्म के लिए भूमि तैयार कर रहे हैं। इस नये मनुष्य को वे 'ज़ोरबा दि बुद्धा' कहते हैं - जो ज़ोरबा दॅ ग्रीक की तरह पृथ्वी के समस्त सुखों को भोगने की क्षमता रखता हो और गौतम बुद्ध की तरह प्रशांत सौम्यता में जीता हो। ओशो के हर आयाम में एक धारा की तरह बहता हुआ वह जीवन-दर्शन है जो पूरब की समयातीत प्रज्ञा और पश्चिम के विज्ञान और तकनीकी की सर्वोच्च संभावनाओं को एक साथ समाहित करता है। वे आंतरिक रूपांतरण के विज्ञान में क्रांतिकारी देशना के पर्याय हैं और ध्यान की उन विधियों के प्रस्तोता हैं जो आज के गतिशील जीवन को ध्यान में रख कर रची गई हैं।

अनूठे ओशो सक्रिय ध्यान इस तरह रचे गए हैं कि पहले शरीर और मन में एकत्रित तनावों का रेचन हो सके, जिससे रोजमर्रा के जीवन में सहज स्थिरता फलित हो व विचार-रहित दशा की प्रशांति अनुभव की जा सके।

ओशो की दो आत्मकथात्मक कृतियां:

ऑटोबायोग्राफी ऑफ ए स्प्रिचुअली इनकरेक्ट मिस्टिक, (सेंट मार्टिस प्रेस, यू एस ए)

ग्लिम्प्सेस ऑफ ए गोल्डन चाइल्डहुड, (ओशो मीडिया इंटरनेशनल, पुणे, भारत)

ओशो इंटरनेशनल मेडिटेशन रिजॉर्ट

स्थान

मुंबई से सौ मील दक्षिणपूर्व में फलते-फूलते आधुनिक शहर पुणे में स्थित ओशो इंटरनेशनल मेडिटेशन रिज़ॉर्ट छुट्टियां बिताने का एक ऐसा स्थल है जो औरों से सर्वथा भिन्न है। वृक्षों की कतारों से घिरे आवासीय क्षेत्र में मेडिटेशन रिज़ॉर्ट २८ एकड़ के दर्शनीय बगीचों में फैला हुआ है।

अनूठापन

हर वर्ष मेडिटेशन रिजॉर्ट १०० से भी अधिक देशों से आने वाले हजारों मित्रों का स्वागत करता है। रिज़ॉर्ट का अनूठा परिसर अधिक होशपूर्ण, विश्रांत, उत्सवमय व सृजनात्मक जीवन जीने के एक नये ढंग का प्रत्यक्ष अनुभव करने के लिए अवसर प्रदान करता है। चौबीसों घंटे और पूरे वर्ष चलने वाले कार्यक्रमों का भव्य, विविधतापूर्ण चुनाव उपलब्ध है - कुछ भी न करना व केवल विश्राम उनमें से एक है!

यहां के सभी कार्यक्रमों की पृष्ठभूमि में ओशो की 'ज़ोरबा दि बुद्धा' की अंतर्दृष्टि निहित है जो गुणात्मक रूप से एक नये ढंग का मनुष्य है जो दैनंदिन जीवन को सृजनात्मक ढंग से जीने के साथ ही मौन और ध्यान में ठहर जाने की क्षमता रखता है।

विवरण

ध्यान

हर तरह के व्यक्ति के अनुरूप दिन भर चलने वाले ध्यान-कार्यक्रमों में सक्रिय और निष्क्रिय, परंपरागत और क्रांतिकारी, तथा खासकर ओशो डाइनैमिक मेडिटेशन जैसी ध्यान-विधियां उपलब्ध हैं। ये सभी ध्यान-विधियां विश्व के संभवतः सर्वाधिक भव्य व विशाल ध्यान-सभागार 'ओशो ऑडिटोरियम' में होती हैं।

मल्टीवर्सिटी

यहां होने वाले विभिन्न व्यक्तिगत सेशन, कोर्स और वर्कशॉप अपने आप में सृजनात्मक कला से लेकर समग्र स्वास्थ्य तक, व्यक्तिगत रूपांतरण, संबंध एवं जीवन-अग्रसरण, कार्य-ध्यान, गुह्य-विज्ञान, तथा खेलों व मनोरंजन में ''झेन'' ढंग तक सब-कुछ समाहित करते हैं। मल्टीवर्सिटी की सफलता का राज इस तथ्य में है कि इसके समस्त कार्यक्रम ध्यान से जुड़े होते

हैं, जो इस समझ को बढ़ावा देता है कि मनुष्य केवल अंगों का जोड़ मात्र नहीं है, वरन उससे बढ़ कर बहुत कुछ है।

बाशो स्पा

वैभवमय बाशो स्पा में उपलब्ध है हरे-भरे पेड़ों व हरियाली भरे वातावरण के बीच खुली हवा में तैरने का आनंद विशालकाय स्विमिंग-पूल में। अनूठे ढंग से बनी विस्तृत ज़कूजी, सौना, जिम, टेनिस कोर्ट...मनमोहक सुंदर पृष्ठभूमि में उभर-उभर आते हैं।

भोजन

अलग-अलग ढंग के विभिन्न भोजन-स्थलों पर परोसे जाने वाले सुस्वादु व शाकाहारी पाश्चात्य, एशियायी व भारतीय भोजन में मेडिटेशन रिज़ॉर्ट के लिए विशेष रूप से उगाई गई आर्गनिक सब्जियों का ही उपयोग होता है। ब्रेड और केक इत्यादि रिज़ॉर्ट की अपनी बेकरी में ही तैयार किए जाते हैं।

सांध्य गतिविधियां

चुनने के लिए सांध्य-गतिविधियों की लिस्ट लंबी है जिसमें नृत्य करना सबसे ऊपर है। अन्य गतिविधियों में तारों की छांव में फुलमून-ध्यान, वैरायटी शो, संगीत-कार्यक्रम तथा दैनिक जीवन के लिए ध्यान शामिल हैं।

इसके अलावा आप प्लाज़ा कैफे में मित्रों से मिलने-जुलने से लेकर रात की शांति से घिरे इस परीकथा जैसे वातावरण के बगीचों में चहलकदमी का आनंद ले सकते हैं।

सुविधाएं

आप प्रतिदिन उपयोग में आने वाली बुनियादी चीजें मेडिटेशन रिजॉर्ट पर गैलेरिया से खरीद सकते हैं। मल्टीमीडिया गैलरी में ओशो की सभी मीडिया सामग्री उपलब्ध है। बैंक, ट्रैवल एजेंसी तथा साइबर कैफे की सुविधाएं भी परिसर के भीतर ही उपलब्ध हैं। खरीददारी के शौकीन मित्रों के लिए पुणे में सभी चुनाव उपलब्ध हैं - परंपरागत भारतीय वस्तुओं से लेकर अंतर्राष्ट्रीय ब्रैंड्स के स्टोर्स तक।

आवास

आप ओशो गेस्टहाउस के सुरुचिपूर्ण कमरों में ठहरने का चुनाव कर सकते हैं। अगर आप लंबे समय तक रुकना चाहते हैं तो 'लिविंग-इन' कार्यक्रम के पैकेज भी चुन सकते हैं। इसके अतिरिक्त नजदीक ही बहुत प्रकार के होटल व सर्विस्ड अपार्टमेंट भी उपलब्ध हैं।

www.OSHO.com/meditationresort
www.OSHO.com/guesthouse
www.OSHO.com/livingin

ओशो का हिंदी साहित्य

उपनिषद
सर्वसार उपनिषद
कैवल्य उपनिषद
अध्यात्म उपनिषद
कठोपनिषद
ईशावास्य उपनिषद
निर्वाण उपनिषद
आत्म-पूजा उपनिषद
केनोपनिषद

कृष्ण
गीता-दर्शन (आठ भागों में अठारह अध्याय)
कृष्ण-स्मृति

कबीर
सुनो भई साधो
  सुनो भई साधो
  कस्तूरी कुंडल बसै
कहै कबीर दीवाना
  कहै कबीर दीवाना
  मेरा मुझमें कुछ नहीं
कहै कबीर मैं पूरा पाया
  गंगे केरी सरकरा
  कहै कबीर मैं पूरा पाया
न कानों सुना न आंखों देखा
  होनी होय सो होय (कबीर)
  अकथ कहानी प्रेम की (फरीद)

बुद्ध
एस धम्मो सनंतनो (बारह भागों में)

अष्टावक्र
अष्टावक्र महागीता (नौ भागों में)

महावीर
महावीर-वाणी (दो भागों में)
जिन-सूत्र (दो भागों में)
महावीर या महाविनाश
महावीर: मेरी दृष्टि में
ज्यों की त्यों धरि दीन्हीं चदरिया

लाओत्से
ताओ उपनिषद (छह भागों में)

च्वांगत्सु
संसार और मार्ग
सत्य असर

मीरा
मैंने राम रतन धन पायो
झुक आई बदरिया सावन की

जगजीवन
नाम सुमिर मन बावरे
अरी, मैं तो नाम के रंग छकी

दरिया
कानों सुनी सो झूठ सब
अमी झरत बिगसत कंवल

सुंदरदास
हरि बोलौ हरि बोल
ज्योति से ज्योति जले

धरमदास
जस पनिहार धरे सिर गागर
का सोवै दिन रैन

पलटू
अजहूं चेत गंवार
सपना यह संसार
काहे होत अधीर

दादू
सबै सयाने एक मत
पिव पिव लागी प्यास

मलूकदास
कन थोरे कांकर घने
रामदुवारे जो मरे

शांडिल्य
अथातो भक्ति जिज्ञासा (दो भागों में)

बाउल संत
प्रेम योग
आनंद योग

झेन, सूफी और उपनिषद की कहानियां
बिन बाती बिन तेल
सहज समाधि भली
दीया तले अंधेरा
मनुष्य होने की कला
सदगुरु समर्पण
उस पथ के पथिक
अंतर्यात्रा के पथ पर

बोध कथा
मिट्टी के दीये

अन्य रहस्यदर्शी
भक्ति-सूत्र (नारद)
शिव-सूत्र (शिव)
भजगोविन्दम् मूढ़मते (आदिशंकराचार्य)
एक ओंकार सतनाम (नानक)
जगत तरैया भोर की (दयाबाई)
बिन घन परत फुहार (सहजोबाई)
नहीं सांझ नहीं भोर (चरणदास)
संतो, मगन भयो मन मेरा (रज्जब)
कहै वाजिद पुकार (वाजिद)
मरौ है जोगी मरौ (गोरख)
सहज-योग (सरहपा-तिलोपा)
बिरहिनी मंदिर दियना बार (यारी)
प्रेम-रंग-रस ओढ़ चदरिया (दूलन)
दरिया कहै सब्द निरबाना (दरियादास बिहारवाले)
हंसा तो मोती चुगें (लाल)
गुरु-परताप साध की संगति (भीखा)
मन ही पूजा मन ही धूप (रैदास)
झरत दसहुं दिस मोती (गुलाल)

योग
पतंजलि: योग-सूत्र (पांच भागों में)
योगः नये आयाम

तंत्र
संभोग से समाधि की ओर
  संभोग से समाधि की ओर
युवक और यौन
क्रांति-सूत्र
तंत्र-सूत्र (पांच भागों में)

विचार-पत्र
क्रांति-बीज
पथ के प्रदीप

पत्र-संकलन
अंतर्वीणा
प्रेम की झील में अनुग्रह के फूल
ढाई आखर प्रेम का
पद घुंघरू बांध
प्रेम के फूल
बोध-कथा
मिट्टी के दीये
प्रेम के स्वर
पाथेय

साधना-शिविर
साधना-पथ
  साधना-पथ
  अंतर्यात्रा
  प्रभु की पगडंडियां
मैं मृत्यु सिखाता हूँ
जिन खोजा तिन पाइयां
समाधि के सप्त द्वार (ब्लावट्स्की)
साधना-सूत्र (मेबिल कॉलिन्स)
ध्यान-सूत्र।
जीवन ही है प्रभु
असंभव क्रांति
रोम-रोम रस पीजिए
ध्यान दर्शन
ध्यान के कमल
नेति-नेति
  शून्य की नाव
  शून्य के पार
  सत्य की खोज
संभावनाओं की आहट
  साक्षी की साधना
  साक्षी की साधना
साक्षी का बोध
समाधि कमल
जो घर बारे आपना

प्रेम दर्शन
गिरह हमारा सुन्न में
अपने माहिं टटोल
जीवन संगीत

ध्यान, साधना

ध्यान विज्ञान
ध्यानयोगः प्रथम और अंतिम मुक्ति
मैं कौन हूं
समाधि के द्वार पर
तृषा गई एक बूंद से
  तृषा गई एक बूंद से
  जीवन सत्य की खोज
माटी कहै कुम्हार सूं
  माटी कहै कुम्हार सूं
  जीवन रस गंगा
अमृत की दिशा
  अमृत की दिशा
  समाधि के तीन चरण
चित चकमक लागे नाहिं

अंतरंग वार्ताएं

संबोधि के क्षण
प्रेम नदी के तीरा
सहज मिले अविनाशी
उपासना के क्षण
अनंत की पुकार

राष्ट्रीय और सामाजिक समस्याएं

देख कबीरा रोया।
  देख कबीरा रोया
  अस्वीकृति में उठा हाथ
नये समाज की खोज
नये भारत की खोज
नये भारत का जन्म
भारत का भविष्य
भारत के जलते प्रश्न
  भारत के जलते प्रश्न
  समाजवाद से सावधान
  समाजवाद अर्थात आत्मघात
  स्वर्ण पाखी था जो कभी
फिर अमरित की बूंद पड़ी
एक एक कदम

प्रश्नोत्तर

नहिं राम बिन ठांव
प्रेम-पंथ ऐसो कठिन
उत्सव आमार जाति, आनंद आमार गोत्र
मृत्योर्मा अमृतं गमय
प्रीतम छवि नैनन बसी
रहिमन धागा प्रेम का
उड़ियो पंख पसार
सुमिरन मेरा हरि करैं
पिय को खोजन मैं चली
साहेब मिल साहेब भये
जो बोलैं तो हरिकथा
बहुरि न ऐसा दांव
ज्यू था त्यूं ठहराया
ज्यूं मछली बिन नीर
दीपक बारा नाम का
अनहद में बिसराम
लगन महूरत झूठ सब
सहज आसिकी नाहिं
पीवत रामरस लगी खुमारी
रामनाम जान्यो नहीं
सांच सांच सो सांच
आपुई गई हिराय
बहुतेरे हैं घाट
कोंपलें फिर फूट आईं
क्या सोवै तू बावरी
कहा कहूं उस देस की
पंथ प्रेम को अटपटो
फिर पत्तों की पांजेब बजी
मैं धार्मिकता सिखाता हूं, धर्म नहीं
ओशो उपनिषद
एक नई मनुष्यता का जन्म
भविष्य की आधारशिलाएं

विविध

अमृत-कण
अमृत वाणी
कुछ ज्योतिर्मय क्षण
नये संकेत
चेति सकै तो चेति
हसिबा, खेलिबा, धरिबा ध्यानम्

धर्म साधना के सूत्र
मैं कहता आंखन देखी
जीवन क्रांति के सूत्र
जीवन रहस्य
करुणा और क्रांति
विज्ञान, धर्म और कला
प्रभु मंदिर के द्वार पर
तमसो मा ज्योतिर्गमय
प्रेम है द्वार प्रभु का
अंतर की खोज
अमृत वर्षा
अमृत द्वार
एक नया द्वार
प्रेम गंगा
समुंद समाना बुंद में
सत्य की प्यास
शून्य समाधि
व्यस्त जीवन में ईश्वर की खोज
अज्ञात की ओर
धर्म और आनंद
जीवन-दर्शन
जीवन की खोज
क्या ईश्वर मर गया है
क्या मनुष्य एक यंत्र है
नानक दुखिया सब संसार
नये मनुष्य का धर्म
धर्म की यात्रा
स्वयं की सत्ता
सुख और शांति
नारी और क्रांति
सम्यक शिक्षा
शिक्षा में क्रांति
गहरे पानी पैठ
ज्योतिष विज्ञान
नव संन्यास क्या
सत्य का अन्वेषण
सत्य का दर्शन
घाट भुलाना बाट बिनु
पथ की खोज
जीवन अलोक
जीवन की कला
जीवन क्रांति की दिशा
जीवन गीत
मन का दर्पण
आंखों देखी सांच
आनंद की खोज
स्वर्णिम बचपन

ओशो के साहित्य के संबंध में समस्त जानकारी एवं ऑर्डर हेतु संपर्क सूत्र:

ओशो मीडिया इंटरनेशनल

17 कोरेगांव पार्क, पुणे-411001, महाराष्ट्र, इंडिया
Tel: +91 (20) 6601 9981
email: distribution@osho.net

ओशो के ऑडियो-वीडियो प्रवचन के संबंध में समस्त जानकारी एवं ऑर्डर हेतु संपर्क सूत्र:

ओशो मल्टीमीडिया एंड रिजॉर्ट्स प्रा. लि.

17 कोरेगांव पार्क, पुणे-411001, महाराष्ट्र, इंडिया
Tel: +91 (20) 6601 9981
email: distribution@osho.net

ओशो की पुस्तकें उनके द्वारा श्रोताओं के समक्ष दिए गए तात्कालिक प्रवचनों से अभिलिखित हैं। सभी ओशो प्रवचन संपूर्ण रूप से पुस्तकों में प्रकाशित हुए हैं और ऑडियो रिकॉर्डिंग के रूप में भी उपलब्ध हैं। ऑडियो रिकॉर्डिंग व संपूर्ण लिखित संग्रह के बारे में जानकारी www.OSHO.com/library से प्राप्त की जा सकती है।

अधिक जानकारी के लिए :

अभी बहुत समय नहीं हुआ जब वेबसाइटें ही संपूर्ण जानकारी का एकमात्र स्रोत हुआ करती थीं तथा सोशल नेटवर्किंग साइटें केवल किशोर-किशोरियों व कॉलेज के छात्र-छात्राओं की व्यक्तिगत अभिरुचियों के आदान-प्रदान का वाहन भर होती थीं। समय बदल गया है और साथ ही हम भी -

ओशो की अद्वितीय वाणी को अब आप विभिन्न भाषाओं व प्रारूप में निम्नलिखित ऑनलाइन वेबसाइटों पर पा सकते हैं:

आधिकारिक वेबसाइट: www.OSHO.com

हिंदी भाषा के लिए देखें: www.OSHO.com/hindi

अपने मनपसंद विषय को ओशो लाइब्रेरी में ढूंढने के लिए देखें (हिंदी में भी उपलब्ध):

www.OSHO.com/library

www.OSHO.com/library-hindi

संपूर्ण ओशो ध्यान-विधियों व उससे संबंधित संगीत के लिए देखें: www.OSHO.com/Meditation

ओशो का संपूर्ण हिंदी-अंग्रेजी साहित्य व ई-बुक्स के लिए देखें: www.OSHO.com/shop

www.OSHO.com/shop-hindi

www.OSHO.com/ebooks

ओशो के ऑडियो प्रवचन MP3 व अन्य प्रारूप के लिए देखें:

www.OSHO.com/hindiAudiobooks

ओशो इंटरनेशनल मेडिटेशन रिजॉर्ट आने की योजना बनाने के लिए देखें:

www.OSHO.com/MeditationResort

ओशो इंटरनेशनल न्यूज़लेटर की निःशुल्क सदस्यता की सुविधा के लिए देखें:

www.OSHO.com/newsletters

www.OSHO.com/hindinewsletters

ओशो टैरो कार्ड ऑनलाइन रीडिंग के लिए देखें: www.OSHO.com/tarot

ओशो-वाणी को अपनी स्थानीय भाषा में उपलब्ध कराने के लिए आप पंजीकृत करके ओशो-वाणी को लिपिबद्ध अथवा अनुवादित कर सकते हैं: www.OSHOtalks.info

ओशो हिंदी रेडियो के लिए देखें: radiohindi.OSHO.com

यहां होने वाले कार्यक्रमों, उत्सव, मीडिया विज्ञप्तियों व सूक्तियों की हर दिन की जानकारी प्राप्त करने के लिए देखें: www.facebook.com/OSHO.International

मल्टीवर्सिटी कार्यक्रमों की नवीनतम जानकारी के लिए देखें:

www.facebook.com/OSHO.International.Meditation. Resort

ओशो वीडियो चैनल से कहीं भी, कभी भी जुड़िए:

www.youtube.com/OSHO.International

अपनी सुबह की शुरुआत ओशो के संदेश के साथ कीजिए: www.twitter.com/OSHOtimes

कृपया इन साइटों पर रजिस्टर व ब्राउज़ करने के लिए कुछ क्षण निकालें, क्योंकि ये साइटें आपको ओशो के बारे में विस्तृत जानकारी उपलब्ध करवाती हैं।

इसके अतिरिक्त आप और भी अधिक रोचक व मौजपूर्ण ढंग खोज ले सकते हैं जिनके द्वारा ओशो को विश्व भर में उपलब्ध कराया जा सकता है।